冴えない彼女《ヒロイン》の育てかた9

丸戸史明

ファンタジア文庫

2388

口絵・本文イラスト　深崎暮人

目次

\新生/
blessing software
メンバー名簿

プロデューサー

企画・サブディレクター・メインヒロイン

企画・ディレクター・シナリオ

音楽

原画・グラフィッカー

プロローグ

休日の俺の部屋に差し込む夕陽が、少し爽《さわ》やかめの陽気を送り込んでくる五月中旬《ちゅうじゅん》……

『と、いうわけで、これが僕たちの最強ギャルゲーの開発スケジュールさ』

……なんだけど、そんな爽やかな空気を一瞬《いっしゅん》でクソ暑苦しく変える、エセ爽やかな声が部屋の中に響《ひび》き渡《わた》る。

『マスターアップは、デバッグも含《ふく》めて一一月最終週……冬コミに十分な量を頒布《はんぷ》するにはここが限界だと思って欲しいな』

「いやちょっと待てよ伊織《いおり》、それって前作の期限より二週間も早いぞ？」

『けれど君たちは前作で、その締《し》め切りすら守れなかったんだろう？　同じ轍《てつ》を踏《ふ》む訳にはいかないいな』

「ぐぬぬ……」

ちょっとノイズの入った、微妙《びみょう》に甲高《かんだか》く、相当に粘着質《ねんちゃく》で、あからさまにイケメンぶった、それはもう耳障《ざわ》りというのを集約したような声音《こわね》。

テーブルの上のディスプレイに表示されたスケジュール表をマウスポインタで指し示し

ながら畳《たた》みかけるその声の主《ぬし》は、けれど今、この部屋にはいなかった。

『いいかい倫也君《ともや》？　僕がプロデュースするからには失敗は許さないよ……嘘《うそ》マスターアップ告知後の追加作業とか、発売日当日のパッチ配布なんて言語道断だ。さらにはクリエイターの怠慢《たいまん》や逃亡《とうぼう》、クライアントの未払《みはら》いや逃亡、流通の発売強行なんかによる素材不足なんてあった日には……』

「みんな一生懸命《いっしょうけんめい》やってんだよ！　少しは汲《く》み取ってあげようよそうしようよ!?　あと俺たちのサークルに流通は関係ないから！」

そう、テーブルの上のディスプレイの両脇《りょうわき》にあるスピーカーから流れてくる、その厭味《いやみ》ったらしい声の主は、今は彼自身の家にいて、ｗｅｂ会議システムを通してこの場所へと指示を送っている。

茶髪《ちゃぱつ》パーマでリア充《じゅう》イケメン然とした、けれど同人ゴロのクソオタク。

胡散臭《うさんくさ》い態度と口調から繰《く》り出される、胡散臭すぎる大言壮語《たいげんそうご》。

俺たちのゲーム制作サークル『blessing software』に今月から加わった新参者《しんざんもの》にして、プロデューサー＆ディレクター＆フィクサーという最高責任ポストを担《にな》う大悪人……いや大物メンバー。

川分寺《かわぶんじ》高校三年Ｄ組、波島《はしま》伊織。

『それに言っておくけれど、去年の冬コミの『rouge en rouge』はこのスケジュール通りにマスターアップしたよ？』

「ぐぬぬぬぬ……」

なお、俺の中学時代の親友にして、ついこの前まで超《ちょう》大手サークル『rouge en rouge』を率いていたかつての仇敵《きゅうてき》という、もし二次元の女だったら因縁《いんねん》ヒロインポジションに収まっていたかもしれない複雑な関係性を持つというのは、俺の口からはあまり漏《も》らさない方がいいかもしれない。

「……でもそのおかげで、わたしたち制作陣《じん》はマスターアップ一週間前からみんな目が死んでましたけどね」

「お、おう……お疲《つか》れ出海《いずみ》ちゃん」

で、そんな伊織のえらっそうな口上に真っ向から立ち向かうのは、その勇敢《ゆうかん》さとは裏腹に、俺の隣《となり》にぺたんと可愛く座り、画面内のスケジュール表を俺よりもうんざりした表情で眺《なが》めていた女の子。

「ほんっと、お兄ちゃんってば作り手のこと何一つわかってない……わたしたちは製造してるんじゃない、創造してるんだよ。いつもいつも納期通りに神様が降りてくると思わないでよ」

『いいかい出海？　製造業が創造してないなんて言い出す方が、それこそ何もわかっていない証拠《しょうこ》だよ。モノづくりとは改善と工夫と努力を積み重ねてミクロ単位での精度を出したり何トンもの強度を出したりする、それこそ昼夜逆転の創造の世界さ。それでも納期通りにきちんと生産される工業製品を馬鹿《ばか》にする資格が僕たちにあるとでも……』

「いや待て二人とも。話がなんか訳わかんない方向にずれてくぞ」

お下げ髪《がみ》で純情っぽい、けれど同人作家にして乙女《おとめ》ゲーマー。

ハキハキと元気な口調から時々漏れる、相手に釣《つ》られての不適切発言。

俺たちのサークルに先月から加わった新人にして、俺と同じ学校に先月から入学した後《こう》輩《はい》にして、キャラクターデザイン&原画という花形ポストを担う期待の大物メンバー。

豊ヶ崎《とよがさき》学園一年C組、波島出海。

「ねぇ倫也先輩《せんぱい》、本当にこんな分からず屋をディレクターになんかしちゃって良かったんですか？」

「い、いや……けど、俺が全ルートのシナリオやる以上、ディレクションまで掛《か》け持ちすることは……」

『これはサークル代表である倫也君と参謀《さんぼう》である僕との間でしか分かり合えない高度な政治的判断なんだよ？　たとえ妹とはいえ、単なる原画担当の出海が口を出していい領域じゃないってのは今まで何度も言い聞かせてきただろう？』

「でもでもっ、わたしと倫也先輩はシナリオライターと原画家のコンビなんだもん！　言わばサークルのエースと四番！」

『監督《かんとく》とヘッドコーチより上の関係性とは思えないなぁ』

「だったらツートップ！」

『いや昔からサッカー界で一番ポピュラーな関係性といえばフォワードとキーパーじゃないかな』

「攻《せ》めと受け！」

『ちなみにキーパーを掛け算の先にするか後にするかで全然派閥《はばつ》が違《ちが》ったりするから注意が必要……』

「なんの話してんだよお前ら兄妹《きょうだい》!?」

なお、俺の中学時代の愛弟子《まなでし》にして、ついこの前まで伊織と同じく『rouge en rouge』で原画を担当していたかつての仇敵という、ヒロインのモデルにしたら萌《も》え系にも因縁系にも映《は》えそうなその関係性は、別に隠《かく》してはいないけれど、今のところあまり重要視されていない気がするのは何故《なぜ》だろうか。

「そっか、このイオ×トモってのがランコの言ってたアレか、アレなのか～」

「いやお前はそういう余計な知識身につけなくていいから美智留《みちる》……」

で、そんな波島兄妹の腐《くさ》った……いや熟成した会話に妙《みょう》な理解を示してしまったのは、俺のベッドの上で我が物顔であぐらをかきつつ、ギターのチューニングに余念がない女の子。

「や〜、サークルメンバーなのに波島兄ちゃんだけここに呼ばれてないのって、てっきりトモが独占厨《どくせんちゅう》とかゆ〜のだからかと思ってたけど、実は独占厨だったのは波島妹ちゃんの方だったんだね〜」

「なぁ、やっぱお前友達付き合い見直さない？」

あと処占《しょせん》関係の話はデリケートなのでなるべく口にしないでください……

「えっと、たった今とても失礼極《きわ》まりないことを言われて腹が立ったから言う訳じゃないですけれど、お兄ちゃんをここに呼ばなかったのは間違《まちが》いなく倫也先輩の判断ですよ？」

「え〜、なんで？　波島兄ちゃんとはバンドマネジメントの件もあるから、こっち来てもらった方が色々とやりやすかったんだけどな〜」

「いやあのな美智留？　出来る訳ないだろそんなこと……」

「あ〜、つまりやっぱり今日ってエチカの言ってた通り、ミーティングが終わったら、朝まで生４Pなんだ……ところでよんぴーって何？」

『生はまずいよ倫也君……』

「今すぐバンド解散しろお前⁉」

癖《くせ》っ毛のショートでアクティブで、見た目通りバンドのボーカリスト&ギタリスト。気《け》だるげで投げやりな口調から吐《は》き出される、取り返しのつかないエロ暴言。

俺たちのサークルに入ってそろそろ半年。俺と同じ日に同じ病院で生まれたイトコにして、主題歌&BGMという泣かせどころを担う必殺の大物メンバー。

椿《つばき》姫女子高校三年四組、氷堂《ひょうどう》美智留。

「だからそうじゃなくて……美智留先輩の、いつもの、その格好ですよぅ」

「え〜、これがなに？」

「何じゃないだろお前！　そのカッコで伊織の前に出るつもりかよ！」

と、きょとんとした美智留が身につけているもの……それは、ペラッペラなタンクトップと、切れ込みの深いショートパンツ。

いつもながらのその肌色《はだいろ》率の高さは、ヒロインのモデルにしたら間違いなくエロ担当にされてしまいそうなその関係性は……ああ、いや、三次元でも間違いなくエロ担当だねそうなんだよね。あまり物語性とか重視されないよねそういうコ。

「いやま〜、特に深く考えてなかったけど……やっぱマズいかな？」

「当たり前だろコラ！　お前、俺以外の男の前でそれはだな！」

『あぁ、確かにこれは独占厨だね。間違いない』

「むむむ……やっぱり独占厨なのかなぁ」

「でさ、結局どくせんちゅ〜って何なの？」

で、そんな、この部屋の中の二人と一つの声が、いきなり妙な連帯感をもって、何の非もないはずの俺を理不尽《りふじん》に責めはじめたとき……

「ゲームやアニメや小説で、出てくるヒロインが全部主人公のものでなくちゃならない人のこと、だよ、氷堂さん」

「か、加藤《かとう》……」

たった一艇《てい》の助け舟《ぶね》が、大盛りのナポリタンとともに、やってきた。

「たとえ主人公が一人のヒロインを選んだとしても、ふられた他のコたちの次の恋《こい》すら認めない……決して別の男の子とくっついたりせず、死ぬまで主人公への想いを持ち続けたまま独身を貫《つらぬ》くキャラクター性が望ましいって安芸《あき》くんが熱弁してたよ？」

「うわ、なにそれトモっ、じゃなくてキモっ」

「キモくないもんキモオタ永遠の夢だもん！」

しかもその助け舟は、全然助け舟になっていなかった。

……と、まぁ、そんなふうに、重要なミーティングの最中にも、誰《だれ》にも気にされずに自然に席を外し、エプロンつけて人んちの台所で勝手に料理を作り、当然のように振《ふ》る舞《ま》ってくれる女の子。

「うお～待ってました加藤ちゃん～！　じゃ粉チーズかけるよ～」

「こら美智留！　ボトル全部ぶっかけようとすんな！」

「その細やかな気遣《きづか》いは嬉《うれ》しいんですけど相変わらずカロリー高めですね恵《めぐみ》さん……」

ショートボブ、ショートポニー、ポニー、ロングと一年の間で目まぐるしく髪形《かみがた》を変えておきながら現在は原点であるショートボブに戻《もど》り、オタクと非オタの境界線上を綱渡《つなわた》りしている、美少女であること以外は特に特徴《とくちょう》もな〝かった〟女の子。

無感動で冷静な口調から紡《つむ》ぎ出される、フラットで平板なツッコミ……だけだったはずなのに、最近ではフラットで平板な氷の刃《やいば》と化した舌鋒《ぜっぽう》。

俺たちのサークルに入ってはや一年強、というより、俺たちのサークルの設立理由にもなった、メインヒロインという謎《なぞ》ポストに加え、最近ではスクリプトなんかも兼務《けんむ》する、看板女優かつ縁《えん》の下の力持ちを担う小物っぽい大物メンバー。

豊ヶ崎学園三年A組、加藤恵。

「お次はタバスコ～」

「待て！　それこそボトル全部かけるなよ！　ていうか自分の皿に盛ってからにしろ！」

「うう、でも美味《おい》しい……油と炭水化物の塊《かたまり》だってわかってるのに美味しいです……っ」

なお、周囲の人々の因縁に対して、特になんの障害もなくサークルに入ったり、紆余曲《うよきょく》折《せつ》の末に途中《とちゅう》で抜《ぬ》けたりもしないという、メインヒロインを謳《うた》うにはかなり弱めの関係性は……加藤だしまぁいいや。

「それで、打ち合わせの方はまとまった？」

で、そんな『まぁいいや』な感じで、サークル副代表にもかかわらず会議を抜けていた加藤は、今さらのように俺の隣にお盆《ぼん》を抱《かか》えて座ると、思い出したかのように今日の本題について触《ふ》れてくる。

「ああ、それなら……」

『それなら問題ないさ。サークル代表である倫也君と参謀である僕との間でしっかりサジエスチョンを取って粛々《しゅくしゅく》と進めることで合意……』

「まとまった？　ちゃんと納得した？　安芸くん」

「お、おう……？」

そして、今さら思い出したかのように触れてきた割には、微妙《びみょう》に含《ふく》みのある態度で、妙に気にするそぶりを見せる加藤。

「出海ちゃんや氷堂さんも？　みんながしっかり納得してから始めないと駄目《だめ》だと思うけど大丈夫《だいじょうぶ》？」

「あ、え〜と、わたしは結構色々言いましたけど……でも、最後は倫也先輩の判断を信じますから」

「ま、あたしの作業はずっと後になってからだし、その時になってみないとわかんないってね〜」

「そっか……う〜ん、まぁ、みんながそう言うなら」

「……加藤？」

けどそれは、俺に対して含むところがあるという訳ではなく……

『そんなに気になるなら、最初から会議に参加してちゃんと意見を言えば良かったんじゃないかなぁ、加藤さん？』

「うん、じゃあこの話はおしまい。後は冬コミまで一生懸命《いっしょうけんめい》頑張《がんば》るだけだね……『今ここにいる』みんなで」

「加藤……」

そう、含むところがあるのは、『今ここにいない』みんな《一名》の方という訳で……

『酷《ひど》いなぁ加藤さん。ちょっと君のことをめんどくさいとか黒幕だとか倫也君を裏で操《あやつ》っているとか言ったからって、そんなあからさまに無視しなくてもいいじゃないか』

「伊織……」

いや、えっと、今回、伊織をここに呼ばなかった一番の理由って、本当は〝黒幕《加藤》〟の意向が色濃《いろこ》く反映されているっていうのは……俺の口からはあまり漏《も》らさない方がいいかもしれない。

『だいたい、そういった人物評は僕にとっては完全に褒《ほ》め言葉なんだし、君はもっと自分に自信を持った方がいい。そう、君のその絶妙《ぜつみょう》に黒い采配《さいはい》は、例えるなら僕の尊敬する紅《こう》坂朱音《さかあかね》さんを彷彿《ほうふつ》とさせ……』

「あ」

「あ」

「あ」

と、漏らすまでもなく、その件についてはここにいる皆《みな》の共通認識になってしまったようだった。

……加藤がいきなりPCのハードウェアリセットボタンを押したことによって。

「さて、それじゃ会議も終わったことだし休憩《きゅうけい》しようよ。早く食べないと料理も冷めちゃ

Num Lk
Scr Lk
Pause
Break
Insert
Sys Rq
Delete
Prt Sc
Back
space
Enter
PgUp

うし」

「お、おう……」

「は、はい……」

「う、うん……」

その加藤の〝何気ない〟強権……いや号令をもって、今日も俺たちのサークル活動は、つつがなく終わった……

しかし、そのつつがなさは、久し《二巻》ぶりに、俺の頭の中にけたたましいまでの警告音を鳴《な》り響《ひび》かせてくれたりしちゃったりした。

わかりやすいサークル瓦解《がかい》の法則　その四（改）

〝メンバー同士（特に黒幕とフィクサー）の仲が悪い〟

第一章　今回の学園描写は以上となります

「倫也《ともや》、ここいい？」

「……は？」

というわけで、週明けの月曜日。

豊ヶ崎《とよがさき》学園三年F組の教室。

意地でも授業風景を描写《びょうしゃ》しないこの作品のモットーにより、今は昼休み。

購買《こうばい》で昼飯を調達してきてホクホク顔で席に座った俺のところに、いきなり右横から隣《となり》の机が衝突《しょうとつ》してきたのが今現在の状況《じょうきょう》だ。

「ほら、あんたの机もこっち向けなさいよ」

「って、お前、何を？」

見るとそこには、いつの間にか俺の机に自分の机をくっつけて、弁当箱を開けようとしている、隣の席のクラスメイト。

とはいえ、いつも仕方なく一緒《いっしょ》に飯食ってる左隣の上郷喜彦《かみさとよしひこ》（本日欠席）ではなく、しかも男子でもない。

というか、クラス内のヒエラルキーにおいては、クソオタクの俺なんかと口をきいていいような身分じゃないくらいの〝お高い〟女子。

目にも眩《まぶ》しい金髪《きんぱつ》ツインテールが可憐《かれん》な美少女。

父親がイギリス外交官という触《ふ》れ込みの日英ハーフお嬢様《じょうさま》。

入学時からすでに将来を嘱望《しょくぼう》されてきた美術部のエース。

「へぇ、それがあんたのお昼？　カツサンドと焼きそばパンって、これまたずいぶん脂《あぶら》っこいチョイスね」

「英梨々《えりり》……お前まさか、ラブコメ作品において、この二つのメニューが果たしてきた役割の重要性に気づいていない訳じゃあるまいな？」

「気づいていないのはあんたの方よ……この二つのメニューこそが、表紙を取り換《か》えただけの意識低い系ラブコメを粗製濫造《そせいらんぞう》させることになった諸悪の諸源だということにね」

「……なら、勝負といくか？　今から俺の思い描《えが》くラブコメシチュエーションを否定してみろ柏木《かしわぎ》エリ」

「……望むところよ」

しかしてその実体は……

「昼休み、人気メニューのカツサンドを巡《めぐ》っていつも購買への一番乗りを競う主人公と陸上部ヒロイン！　いつもいつも喧嘩《けんか》ばかりだった二人はある日、彼女が他の男から告白されたことからぎくしゃくしてしまう！」

「廊下《ろうか》を走ったら危ないでしょ。だいたい最近じゃカツサンドなんてわざわざ購買で争奪《そうだつ》戦《せん》なんかしなくても、すぐ近所のコンビニで買えるわよ」

「っ……ふとしたきっかけで自分の食べかけの焼きそばパンをお嬢様ヒロインに分けてあげる主人公！　その庶民《しよみん》的で飾《かざ》らない行為《こうい》に親しみを覚えるお嬢様！　今まで自分の周囲にいなかったタイプの男の子のことがだんだん気になっていった彼女は……っ」

「初対面で食べかけのモノ貰《もら》ったってドン引きよドン引き。それ以前に庶民的だろうが高級品だろうが食べ物ごときで堕《お》ちるお嬢様なんていない。ソースはあたし」

「ぐぬぬぬぬ……」

「……とか、こんな無駄《むだ》話してたらお昼休み終わっちゃうから先に食べるわよ？　いただきます」

身分的には紛《まご》うことなき純血お嬢様であるはずなのに、培養《ばいよう》のされ方が特殊《とくしゆ》だったせいでこんなふうに育ってしまったクソオタク。

豊ヶ崎学園三年F組、澤村《さわむら》・スペンサー・英梨々。

「だいたい、お前だってこういうジャンクフード好きなくせに」

「おあいにくさま。あたし焼きそばはカップ派なの」

「いやそれ余計にジャンクだろ」

オタクなこと以外にも、このように、両親が色々と育てかたを間違《まちが》えていて遺憾《いかん》に堪《た》えない。

「にしても、カツと焼きそばじゃ栄養偏《かたよ》るでしょ。卵焼き食べる？」

「別にいい」

「遠慮《えんりょ》しなくていいわよ。あんたうちのママの卵焼き大好きだったじゃない」

「そういう問題じゃなくてだな……」

確かに英梨々ママ謹製《きんせい》弁当は、昔と変わらず、これまたお嬢様の昼食とは思えないほどに庶民的な内容で、そのほとんどを平らげた小学生の遠足の時の記憶《きおく》を呼び起こさせる。

……とまぁ、このお嬢様と俺は、クラス内ヒエラルキーとは別に、こうして昼飯を一緒に食う程度には因縁《いんねん》に事欠かない。

小学校に入学した時からの幼なじみ。

数か月前まで同じサークルで同じ夢を追いかけていた元同志。

そして、二度も致命《ちめい》的なすれ違いを経《へ》ておきながら、この期《ご》に及《およ》んで同じクラスになってしまった腐《くさ》れ縁《えん》。

「なぁ、英梨々」

「何よ」

「お前、俺と一緒に飯なんか食っててていいのか?」

「何で?」

「いや、そりゃ……」

『わかるだろそんなん』という言葉が口をついて出かけたけど、それこそ『わかるだろそんなん』だから言うのをやめた。

金髪ハーフ美術部お嬢様(偽装《ぎそう》)とキモオタ男子(天然)が昼休みに机くっつけて一緒に飯食ってるなんて、クラスメイトの好奇《こうき》や奇異《きい》や嫉妬《しっと》や侮蔑《ぶべつ》の視線にさらされるだけなんてのは八年前からのお約束……いや、もうそろそろ九年になるか。

「今さらイジメなんかに遭《あ》ったりしないわよ……もうみんな大人だし」

と呟《つぶや》きつつ、英梨々が周囲をくるりと見回すと、女子のうちの何人かが、慌《あわ》ててこちらに向けていた視線を背《そむ》ける。

……けど、確かに、好奇の色はあっても、昔のようなあからさまな敵意や嘲笑《ちょうしょう》は見られなかった。

「時代は変わったなぁ……」

そう、時は止まらない。

いつも前に進み、そして常識やルールを変えていく。

今は九年前とは違う……購買で伝説化されているのと遜色《そんしょく》ないくらい美味《うま》いカツサンドがコンビニで買える時代になったんだ。

だからもう、昼休みの始まりと同時に陸上部のスポーツ少女と肩《かた》を並べ廊下を全力疾走《しっそう》しつつ愛を育《はぐく》むイベントも陳腐《ちんぷ》化してしまうんだ……

「それもあるけど、一番の原因は、あんたのイメチェンよ」

「……俺？」

……などと俺が、次回作のプロットの問題点に思いを馳《は》せていると、英梨々の口と視線から、意外な反応が返ってきた。

「倫也さ、最近、女子からの反応が普通《ふつう》になってきたって思わない？　今までみたいに『あ～はいはい』みたいにあしらわれる感じじゃなくて、普通に相手してくれるっていうか、人間扱《あつか》いしてくれるっていうか……」

「元から人間扱いされてたもん僕らはみんな生きているんだもんっ！」

そんな過去の酷《ひど》い思い出話に傷つきつつ、俺は、三年になってからの女子の反応について思いを巡らせる。

けれど、考えてみても、それほど扱いが変わったとも思えない。オタっ君と呼ばれることがなくなったり、先生に当てられたときにクスクス笑われなくなったり、俺が何か語ろうとするときに『あ～はいはい』みたいな目で見られなくなった程度……

「っ……あ」

……などと懐《なつ》かしい記憶を辿《たど》るうちに熱くなった目頭《めがしら》に触れようとして、俺は、三年になってからのとある変化を思い出す。

「もしかして、眼鏡《めがね》……？」

「素顔が思ってたよりマトモだったから、みんなどう扱ったらいいのか戸惑《とまど》ってるみたいね」

そんな指摘《してき》を受けて、今度は俺が周囲をくるりと見回すと……確かに、英梨々が同じことをした時と反応があまり変わらない。

好奇や嫉妬という、肌《はだ》に突《つ》き刺《さ》さるような感情ではなく、もっと緩《ゆる》やかで、もっと純粋《じゅんすい》な〝興味〟という感じで。

「なんという熱い手のひら返し……」

「ま、あたしは前から知ってたけどね。あんたの素顔なんて」

「けど俺、眼鏡以外なんも変わってないぞ？」

「つまり女子にとって、あんたを評価する要素で一番重要だったのはあの眼鏡だということ……」

「ちょっと待ってよそれってやっぱ俺馬鹿《ばか》にされたままなんじゃん⁉」

「ま、それはともかくさ……一体どうなってんのよ倫也」

「何が？」

「だから、ほら、恵《めぐみ》の……」

「……あ～」

結構嫌《いや》な感じの前置きがやっと終わり、しょんぼりとカツサンドを口に運び始めた頃《ころ》。

多分、ずっと機会を伺《うかが》っていたであろう英梨々が、さり気なく口を開く。

「ゴールデンウィークに連絡《れんらく》した時、すぐ会わせてくれるって言ったじゃない。なのに倫也、あれから連絡してくれないし」

まぁ、英梨々がわざわざ衆人環視《しゅうじんかんし》の中で俺を捕《つか》まえに来た時点で、目的は予想してたけど。

「いや、ちゃんと加藤《かとう》には話はしたよ？　けど、急に忙《いそが》しくなって、なかなか都合つかないみたいでさ」

でもこのように、こっちからは英梨々を満足させる新ネタがない以上、しらばっくれるより他にない訳で。

で、英梨々は当然のようにその答えに満足がいかない様子で、胡散臭《うさんくさ》そうな表情で俺のそっぽを向いた横顔を覗《のぞ》き込む。

「……ふぅん、加藤、ね」

「何だよ？」

「今日は加藤なんだなって」

「何が？」

「ま、別にいいけど」

「だから何が⁉」

しかもめっちゃ目つき悪くなってるし。

「あ〜もう、何でまたこうなっちゃうのよ……会ってくれる気になったんじゃなかったの？」

「いや、だから都合悪いんだよ仕方ないだろ」

「忙しいとか絶対嘘《うそ》よね？　そもそもあんたたちのサークル、今の時点で恵を忙しくさせるほど倫也のパートが進んでるとは思えないし」

「人の進捗《しんちょく》気にする前に自分の担当分を何とかしようね!?」

「そりゃ、恵に何も言わずにサークルをやめたのは、全面的にあたしが悪いわよ」

「あ〜、まぁ……」

で、その後も英梨々は、ママ謹製のタコさんウインナーを箸《はし》でもてあそびつつ、ぶつぶつと嘆《なげ》き節を呟いた。

「だから、そのことだってちゃんと謝ろうとしてる……なのに、それすらさせてくれなくちゃどうしようもないよ」

「そうだな〜」

……なお、その件に関しては『俺に対してもその謝罪が欲しかったぜ』ってのは思っても言っちゃあいけない。

「ねぇ、あたし最近、恵に何か悪いことした？　この一か月くらい、家に引きこもって仕事しかしてないのよ？」

「そりゃ大変だな〜、まぁ頑張《がんば》ってくれ。努力は裏切らないぞ〜」

「……なんか心の底から投げやりなアドバイスね」

「え〜、そうかな〜」

その後も俺は、次々と襲《おそ》い来る英梨々の泣き言を、まるで加藤のようなフラットさで次々とかわし続けた。

そして予鈴《よれい》間際、英梨々がそんな俺の態度にブチ切れて、俺の食べかけの焼きそばパンを貪《むさぼ》るお嬢様《じょうさま》と化したところで昼休みは終わった。

……けれどまぁ、今はそうするしかない。

いや、焼きそばパンの結末のことじゃなくて、俺の態度のことだけど。

だって、そりゃ、なぁ？

英梨々が、きっと血の涙《なみだ》を流しながらやり遂《と》げた、最高の〝仕事〟が今回の事態をもたらしたなんて、気づかせたくなかったから。

※　※　※

「英梨々とお昼一緒《いっしょ》だったんだって？　机並べて」

「今日の午後〇時から一時までどこにいらっしゃいました⁉」

んで、その日の夕方、放課後の帰り道。

いつものようにカントリーな雰囲気《ふんいき》が素敵な喫茶店《きっさてん》の店内には、道草とカッサンド（本日二度目）を頰張《ほおば》りながら、まったく無防備なところに後ろから強烈《きょうれつ》なタックルを受けて身悶《みもだ》える俺の姿と、そんな悪質な反則を犯しているにもかかわらず、いつも通りスマホをいじりながら決してフラットスリーを崩《くず》さない鉄壁《てっぺき》のディフェンス《加藤恵》の姿があった。

「あ、わたしは教室で友達とご飯食べてたよ。ただ出海《いずみ》ちゃんから一分おきに実況《じっきょう》が入ってきてただけで」

「う、うぉう……」

「そういえば、本人から許諾《きょだく》もらってるからログ見せるね。はいこれ」

「うぉぉぉぉ……っ」

で、そんな平板な加藤が差し出したレッドカード……いやスマホの画面には、出海ちゃんとのＬＩＮＥの履歴《りれき》が長々と表示されていた。

『ああっ！　卵焼きですっ！　あ、あ、あ〜ん、ですっ！』

『な、なんとか誘惑《ゆうわく》に耐《た》えきったようです。先輩《せんぱい》がんばれ！』

『だ、だんだん二人の距離《きょり》が縮まってますよ……』

『先輩騙《だま》されないで！　その女は敵です裏切り者ですっ』

『つま先キック入りました〜！』

『嫌がってない！　先輩嫌がってません！』

『ふ、二人で焼きそばパンを取りあってますっ！　こ、これはまさしく腐《くさ》れ縁《えん》系ヒロインの個別イベントですよっ！』

『取られた〜！　食べかけの焼きそばパン奪《うば》われた〜！』


「楽しそうだね安芸《あき》くんと英梨々。あと出海ちゃんも」

「…………………………お、お、おう」

ちなみに加藤の方の発言履歴は『ふ〜ん』、『そうなんだ』、『落ち着いて出海ちゃん』というローテンション……いやローテーションだったので割愛《かつあい》させていただく。

「い、出海ちゃんもなぁ！　別に遠慮《えんりよ》なんかしないで声掛《か》けてくれればよかったのに！」

「そしたら三人ともお昼ご飯にありつけなかったと思うけどどうかな？」

「……それでもよかったんだよぅ」

そう、こんなバックログを後から晒《さら》されるよりは。

というか、今回の出海ちゃんの反応には、俺にとってはちょっと違和感《いわかん》があった。

高校に入ってからの彼女は、ここが上級生の巣窟《そうくつ》だということにもまったく臆《おく》せず、堂々と友達を引き連れて教室に入って来ては、常に英梨々をイラつかせ凹《へこ》ませポンコツ化させるという無欲《むよく》の勝利を成し遂げてきたはずだった。

だから今日だって、そのまま弁当箱を持って『せんぱ～い！　お昼一緒に食べましょう！』と言って来てくれれば、あんな愉快《ゆかい》な……いや、心臓に悪いログを見せつけられることも……

「今の出海ちゃんは、英梨々と顔合わせ辛《づら》いんじゃないかな」

「どうしてだよ？」

その『どうしてだよ？』の後に、『加藤も含《ふく》めてさ』と付け加えたい気持ちもあったけれど、とりあえず今は自重《じちょう》しておく。

まぁ、出海ちゃんのことに限定すれば、加藤も腹を割って話してくれるだろう。

だってそれなら、加藤自身の腹の中は探られずに済むから……いや誰《だれ》かが腹黒いとかそういう判断にのっとってる訳じゃないよ本当だよ？

「最近、出海ちゃんの方の進捗どうかな？　キャラデザは順調に上がってきてる？」

「いやぁシナリオが上がらない以上そんなに急激に進むこともないんじゃないでしょうか!?」

加藤の突然《とつぜん》のハッシュタグ『#進捗どうですか』に、俺の声が一オクターブ上がる。

それは、主《おも》に出海ちゃんの方ではなく俺自身の方の進捗によるところが大きかったけれど……

「ゴールデンウィークが明けてから、一枚でも届いた？　新しいデザイン」

「……それまでが順調過ぎただけだよ」

それでも、質問の本質の方も、立て板に水のごとくすらすらと答えられる訳でもなく。

「一応、サークルの共有サーバ毎日覗いてるけど、どのファイルも二週間くらい日付け変わってないよね」

そう、出海ちゃんの進捗は、実はぴたりと止まっていた。

それも、『あの日』以来……

ゴールデンウィーク最終日。

俺の部屋で、サークルの皆《みな》で『フィールズクロニクル 20th Anniversary』イベントの生配信を鑑賞《かんしょう》したあの日。

フィールズクロニクル最新作のＰＶとともに、キャラクターデザイン柏木エリによるキャラビジュアルが公開され、イベント会場の興奮は最高潮に達した。

けれどその時、俺たち『blessing software』のメンバーの反応は、その熱気と反比例するように冷気を浴びたように静まり返っていた……まぁ一人《美智留》を除いて。

「英梨々を意識してるって？　出海ちゃん」

「本人は口にしないけど、ね」

それでも、帰り際には皆笑顔で手を振《ふ》ってくれたし、その後のミーティングもきちんと参加してくれていたから、それほど気にしていなかったのに。

……いや、むやみに気にしないよう、気にしていたのに。

「んなこと言ったって、商業作品の、それもＲＰＧにそのまま対抗《たいこう》したってしょうがないだろ。よそはよそ、うちはうちだ」

「英梨々は英梨々、出海ちゃんは出海ちゃん？」

「おう！」

親が発するその台詞《せりふ》とともに、子供の頃《ころ》、様々な希望が理不尽《りふじん》にも打《う》ち砕《くだ》かれてきたのを今だけは忘れ、俺はむやみに前向きな態度で拳《こぶし》を握《にぎ》る。

「わたしは、わたし？」

「加藤……」

「気にしたって、しょうがない？」

と、その俺の熱意が伝わったのか、加藤はほんの少し眉《まゆ》をひそめ、鉄壁のフラットスリーのオフサイドラインを微妙《びみょう》に乱した。

それは、加藤が久しぶりに、必死に隠《かく》していた本音《ほんね》をほんの少しだけ覗《のぞ》かせる隙《すき》を作ってくれたということであり……

だから俺は、今こそが英梨々に望まれた『介入《かいにゅう》』の瞬間《しゅんかん》ととらえ……

「なぁ、加藤……」

「ん？」

「カツサンド食うか？」

「いらないよ食べかけなんか」

「お、おう……っ」

冷たっ！　このアイスコーヒー冷たっ⁉

第二章　モデルにしたゲームはないんです本当です

「ふつつかものですが、どうかよろしくお願いしますっ、倫也《ともや》先輩《せんぱい》っ！」

「いや待ってお願いする前に色々情報を整理しようね⁉」


曜日は週末の金曜。

時刻は夜の二〇時を少し回ったところ。

場所は俺の部屋。

そして目の前にいるのは……パジャマ姿で三つ指ついて床《ゆか》に頭をこすりつけている出海《いずみ》ちゃん。

う～ん、こうして目の前の情報だけを整理してみると、ますます引っ込みがつかない状《じょう》況《きょう》に見えてしまうのがなんかアレだ。

「お願いします先輩……今からわたしに、ギャルゲーの神髄《しんずい》というものを叩《たた》き込んでください！」

「そうそれ！　さっきもちゃんとそう言って欲しかったんだよね！」

今日の放課後、帰り支度《じたく》を済ませた俺が校庭に出てみると、校門に背を預け、人待ち顔で空を見上げている出海ちゃんがいた。

そして目的の人……つまり俺を見つけた彼女は、いつかの再会の時みたいに、嬉《うれ》しそうに俺の側へ駆《か》け寄《よ》ってきて、その時はこう言ったんだ。

『わたしを、一人前の女の子にしてくださいっ！』

それが『一人前の（ギャルゲーマーの）女の子にしてくださいっ』という意味だと判明したのは、その瞬間の目撃者《もくげきしゃ》があらかたいなくなってしまった二〇分後だったというのが、今さっきの彼女の発言同様哀愁《あいしゅう》を誘《さそ》うが、それはまぁ置いておく。

とにかくそんなわけで、出海ちゃんは、この週末をギャルゲーに捧《ささ》げるために俺の部屋へとやってきた。

……パジャマと洗面用具と、その他『女の子の用意』一式を持って。

「もう一度確認させてもらうけど……本当に、家族の承諾《しょうだく》はもらってきてるんだな？」

「はいっ、もう一度言わせていただきますけど……これは実は、お兄ちゃんの提案なんです！」

「伊織《いおり》がねぇ……」

最初、出海ちゃんのこの言葉を、俺は簡単には信用できなかった。

何しろ伊織は、現在では『blessing software』のプロデューサー兼《けん》ディレクターとして、チームのスケジュール管理に一番気を使っているはずの人間だ。

その奴《やつ》が、サークルの原画家とシナリオライターの週末の作業時間をまるごと取り上げるような提案をするなんて、とても信じられなかった。

しかも先日加藤《かとう》が指摘《してき》した通り、既《すで》に動いているはずの出海ちゃんのキャラデザ作業が、最近ではまるで進捗《しんちょく》が見られないこの状況下で……

「ほら、わたしって元々乙女《おとめ》ゲーマーじゃないですか。だから、実はギャルゲーは本職じゃないんですよね」

「まぁ、『リトラプ』が原点だからなぁ」

けれど、出海ちゃんの説明に続き、伊織が今朝サーバにアップしたスケジュール表の修正版を見て、その言葉を信じざるを得なくなった。

見事なまでに、今週……いや、来週末までの、キャラクターデザインのスケジュールが空《あ》けられていたから。

「だから、ヒロインの微妙な表情の変化とか、感情の機微《きび》とかがわかってないんじゃないかって、お兄ちゃん言うんですよ」

「けど出海ちゃん、去年『rouge en rouge』で一作作ってるじゃん、ギャルゲー」

「そうなんですよ～。だからわたしも大丈夫《だいじょうぶ》だって言ったんですけど、お兄ちゃん聞いてくれなくて」

「心配性《しょう》だな、あいつ……」

それはそうと、『妹のためにわざわざスケジュール調整までして』と美談っぽい流れになってるけど、実際は作業の間にぽっかりエアポケットができただけで、締《し》め切り延《の》びてなかったからな。ただ作業期間が圧縮されただけだからな。

……あの野郎《やろう》〇す。

「そこで、ちゃんとお金を払《はら》ってプレイする正規ユーザー界随一《ずいいち》のギャルゲーマイスターと名高い倫也先輩に、今のわたしの指標とすべきギャルゲーを選んでもらい、そして楽しみ方を手ほどきして欲しいんです！」

「そうか……そうかぁ！」

まぁ、そんなこんなで、新参《しんざん》プロデューサーに無理難題を押し付けられてしまったようだが、出海ちゃんが言った通りのギャルゲーマイスターである俺は動じることなく、その彼女の申し出に力強い声で応《こた》えた。

ただひとこと言わせてもらえるなら、正規ユーザー云々《うんぬん》は別に言わなくてもよかったと思うけど。

「なら出海ちゃん……覚悟《かくご》はいいな？」

「はいっ！　今から四八時間は頑張《がんば》れます！　日曜夜までノンストップです！」

「了解《りょうかい》した！」

うむ、その、こっちの都合を何一つ考慮《こうりょ》してない図々《ずうずう》しさやよし。

ギャルゲーマーたるもの、そのくらいの押しの強さがないとヒロインを口説《くど》き落とすことなどできない。

もちろん三次元の女の子にその法則は当てはまる訳がないから注意が必要だ。

「出海ちゃん……俺は今から、君にギャルゲーの素晴らしさを叩き込むべく鬼《おに》となる！ついてこい！」

「はいっ、容赦《ようしゃ》も遠慮《えんりょ》もいりません！　わたしを素晴らしきギャルゲーの世界の沼《ぬま》へと引きずり込んでください倫也先輩！」

「なら、そのプレイ時間に見合った超《ちょう》大作ギャルゲーを選ばせてもらう！　何かリクエストはあるかな出海ちゃん？」

「えっと、お兄ちゃんが言ってたのは、まずは女の子が可愛くて……」

「そりゃ、ギャルゲーの基本中の基本だ。外す訳がないよ」

「キャラクターの等身が低めで、目が大きめで、別にトレス疑惑《ぎわく》があっても構わないから流行《はやり》の絵柄《えがら》で、あと、できれば女性原画家で……」

「お、おう……？」

「それで、清々《すがすが》しいまでにヒロインの態度や口調が記号化されてて、変にシナリオに力が入ってなくて、けど無駄《むだ》にテキストが多くて、内容はほぼヒロインとのイチャラブ描写《びょうしゃ》に割《さ》かれてて……」

「ねぇそれ本当にギャルゲーをリスペクトしてるんだよね？　馬鹿《ばか》にしてる訳じゃないよね!?」

※　※　※

「なぁ、出海ちゃん」

「なんですか倫也先輩？」

時刻は夜の二二時ちょっと前。

テレビモニターの前のテーブルを片付け、床の上にはゲーム機とお菓子《かし》と飲み物のみという〝戦闘状態《せんとう》〟を整え、そして厳《おごそ》かにゲーム機のスイッチをオンしてから、そろそろ一時間が経過していた。

ちなみに今回選んだゲームは……いや、これも諸事情によりタイトルは伏《ふ》せさせていただくが、原作は数年前、まだPCギャルゲーが全盛期といってもいい時期に生まれ、当時コンシューマー界に跳梁跋扈《ちょうりょうばっこ》していたクソ移植メーカーの魔《ま》の手をかいくぐり、奇跡《きせき》的な良移植を成し遂《と》げた……ああ、いや、この辺りの事情は語れば語るほど深みにハマりそうなので割愛《かつあい》させていただく。

とにかく、そんなちょっと古めで、だからこそオーソドックスで、いつの世のギャルゲーマーでも最大公約数的に楽しめる、汎用《はんよう》的な良作だ。

「最近、調子どう？　何か悩《なや》みでもあるなら相談に……」

「あ、えっと、『ううん、全然そんなことないよっ！　でも健二《けんじ》先輩《せんぱい》、わたしのこといつも見てくれてるんだぁ……菜々美《ななみ》感激っ♪』あ、菜々美の好感度ゲージが上がりましたよ先輩！」

「……いやゲームテキストの読み上げプレイじゃなくてリアルな話で」

ちなみに、ちょっと古いゲームには時々ある仕様として、この作品にも、主人公の受け答えによる好感度アップシステムが搭載《とうさい》されているのだが、まぁほぼゲーム性には関係ないので安心だ。

「キャラデザ、進んでる？　スランプになってたりしない？」

「あ、あ〜……そのことですかぁ」

で、そんなふうにメタな俺がゲーム内容について長々と解説している間に、リアルの俺の方は、今日の、『自分にとっての本題』に踏《ふ》み込んでいた。

そう、加藤が指摘した『出海ちゃんの方の進捗』だ。

「なぁ出海ちゃん、さっきも言ったけど、何か悩みでもあるなら相談に……」

「やだなぁ先輩、わたし、そんな上等なものになったことないよ？」

「そ、そう？」

「あ〜、ごめんなさい！　そうだよね、確かにわたし、最近何もデザイン上げてないもんね〜」

けど、そんな加藤や俺の憂慮《ゆうりよ》をよそに、当の出海ちゃんの反応は、いつもの彼女らしさから外れることはなかった。

「いや、それもあるけどさ、ほら、ゴールデンウィークの時に……」

「うん、確かに凄《すご》かったですよね、澤村《さわむら》先輩の……柏木《かしわぎ》エリのキービジュアル」

「まぁ、そうだな」

それでも出海ちゃんは、あの時、英梨々《えりり》の絵に、間違《まちが》いなく何かを感じていた。

それが、彼女の手を止めてしまっているのなら、それはゆゆしき事態で。

「あの時、確かに自信が根元から折られてしまったような気がした……絵描《えか》きとして否定されたような、今までやってきたことって何だったんだろうって気になるくらい、ショック大きくて……」

「出海ちゃん……？」

けれど、そうやって文字に起こしてみるとものすごく深刻で剣呑《けんのん》な気持ちを……

今の出海ちゃんは、とてもすっきりした表情で正面を向き、その双眸《そうぼう》を見開いたままはっきりした口調で表《おもて》に出すから。

「負けたくない……ですよねっ！」

「そ、っか……っ」

だから、その次の頼《たの》もしい言葉が、予想できた。

「も～、ほんと嫌《きら》い柏木エリ！　いっつもわたしの前に立ちはだかってるくせに、いっつもわたしより速い速度で成長しちゃって～！」

「いや、いつもってことはないけど」

「いつもですよ！　そんな凄いくせにすっごく大人げなくって、わたしに難癖《なんくせ》つけては潰《つぶ》そうとするし～！」

「いや、それは……まぁ大人げないなあいつは」

二人の絵を比べ始めてそろそろ一年。

その成長速度や上手《うま》さや〝凄さ〟は、俺に言わせれば、常にころころと順位が入れ替《か》わり予測もつかなかった。

だからきっと、当事者たる英梨々と出海ちゃんにおいても、相手の出方や成長速度が予測できず、どっちも同じように相手の絵に恐怖《きょうふ》し、憧《あこが》れ、嫌っていたんだと思う。

「だから、今はものすごくモチベーション高いんです……雑草のしぶとさとたくましさを、あの天才に見せつけてやるんですっ」

なのでその位置づけも、相手からしてみたら真逆もいいところなのかもしれないけれど。

まぁでも、少なくとも、自分を天才と信じ込むよりは、好感度高いしな。

「じゃあ、心配しなくていい？　俺はただ口開けてキャラデザ待ってればいい？」

「大丈夫です！　ラフだけは溜《た》まってるんですから。ただアイデアが湧《わ》いてきて止まらないから、一枚もクリーンアップできないだけですよ～」

「そっか、なら、楽しみにしてる」

結局、加藤と俺の心配は、どうやら杞憂《きゆう》に終わってくれそうだった。

出海ちゃんは、クリエイターとして能力は高いけれど、まだ、若いままでいてくれた。

……と表現すると、同じ高校生である英梨々は怒《おこ》るかもしれないけれど。

けれど、クリエイターの年齢《ねんれい》は、実年齢とは違《ちが》う。

クリエイターの年齢は、キャリアで決まる。

絵を描き始めて一〇年以上の英梨々に比べ、出海ちゃんはまだ三年未満。

だから、まだ立ち止まることをしない。

自分の生み出すものに疑問を持たない。

クリエイターとして歳《とし》を重ねると、誰《だれ》もが、いつかは自分の生み出すものに疑問を感じ、一度ならず手を止めてしまう時が訪れる。

けれど、出海ちゃんにとっては、きっとまだまだ先の話で。

それは、今の未熟な俺たちにとっては、この上ない強みなんだと思う。

「よし、なら今は徹夜《てつや》でギャルゲーを楽しむだけだ。やるぞ出海ちゃん！」

「あ、えっと……『は、はい、先輩が求めてくれるなら、菜々美……で、でも、恥《は》ずかしいから電気、消してくださいね……』」

「ゲームをするときは部屋を明るくして画面から離《はな》れてプレイしようね⁉」

というかまだ共通ルートだし。

※　※　※

菜々美『おはようございます健二先輩っ、今日もいいお天気ですねっ』

「…………（ほけ～）」

「…………」

菜々美『あっ、もう予鈴《よれい》が鳴っちゃった。も～、健二先輩といると時間の過ぎるのが早いよ～』

「…………（ぽわ～）」

「…………」

菜々美『あっ、健二先輩っ、も～遅～い！　三〇分も待っちゃいましたよ～。ほら、こんなに手が冷たくなっちゃった』

「………い〜ですね〜、このゲーム。なんかもうこの世界から出たくなくなっちゃいますね〜」

「だよな〜」

時刻は深夜〇時半。

俺たち二人は、ぬるめの温泉に浸《つ》かっているかのようにぼ〜っとゲーム画面の、コロコロ表情が切り替わる立ち絵を恍惚《こうこつ》の表情で眺《なが》めていた。

「キャラクターがみんな仲良くて喧嘩《けんか》とかしないし、誰も重い病気とかややこしい家庭の事情とか持ってないし……」

「微妙《びみょう》にネタバレするけど、誰も死なないし、唐突《とうとつ》に婚約《こんやく》者とか出てこないからな〜」

ゲームを始めて三時間以上経《た》ち、ゲーム内でも二か月以上経ち。

それでもまだゲームの展開は、共通ルートの生温《なまぬる》い和気あいあいとしたイベントを、それはもう驚《おどろ》くほど淡々《たんたん》と進んでいる。

「キャラクター同士の掛《か》け合いに何の捻《ひね》りもないし、みんなが集まったところの会話シーンなんて見事なまでのワンパターンだし」

「褒《ほ》めてるよなそれ？　楽しんでるんだよな出海ちゃん？」

「でも、そんなことより何より、菜々美ちゃん可愛いっ！」

「そうそう、ほんっと可愛いよな～」

そして、そんなぬるま湯展開の中でも、出海ちゃんは着々と後輩《こうはい》ヒロイン、渡瀬《わたせ》菜々美の攻略《こうりゃく》を推《お》し進めていた。

渡瀬菜々美、主人公たちの通《かよ》う、私立ユニバーサル学園という、思わず真顔になってしまいそうな名前を持つ学校の、一年生。

健気《けなげ》で頑張《がんば》り屋で、ちょっとドジっ子で空気を読めないところもあるけれど、そんなところもご愛嬌《あいきょう》。

「ほらほら先輩っ、わたし、この涙目《なみだめ》の立ち絵が好きなんですよ～」

「わかるわかる～」

でもそんな、マニュアルに載《の》っているということ以外にまるで意味のない細かな設定なんかどうでもいい。

ＣＧで描かれた顔も、声優さんの熱演による声も可愛い上に、あとは主人公のことを大好きでいてくれるだけで、もはや大正義なのである。

「あ～、ほんといいなぁこれ。別に面白くないけど萌《も》える～。退屈《たいくつ》だけど癒《いや》される～」

「楽しんでくれて嬉《うれ》しいけど、もうちょい褒め方も工夫しような出海ちゃん～」

※　※　※

そして、そこから一時間……

俺たちは、まだまだ生温い共通ルートの湯船の中だった。

千夏《ちなつ》『あ、おはよう健二ちゃん。今日もいい天気だね』

「…………（いらっ）」

「…………」

千夏『あ、予鈴、もう席に戻《もど》らないと……ねぇ健二ちゃん。お昼休みって、どうしてこんなに短いんだろうね』

「…………（むかっ）」

「…………」

千夏『もう、健二ちゃん遅《おそ》いよ……ずっと待ってたら、帰宅していくみんなに見られて恥ずかしかったんだからぁ』

「………あぁぁぁぁっ、腹立ちますねこの千夏とかいう幼なじみ～！」

「何があったぁぁぁぁ～!?」

会話内容とかほとんど使いまわ……汎用《はんよう》的に揃《そろ》えられているのに何故《なぜ》こうなる？

「だってだって、この千夏っていう幼なじみ、朝主人公を起こしにきて朝ご飯まで一緒《いっしょ》に食べるくせに、学校でまでこうして出張《でば》ってきて！」

「いやまぁ、家が隣同士《となりどうし》だし、クラスも同じだし、何よりパッケージヒロインだし……」

「パッケージヒロインの出番が一番多くなくちゃいけないって規則でもあるんですか？学校でくらい、菜々美ちゃんに出番譲《ゆず》りやがれっていうんですよぅ！」

真中《まなか》千夏、私立ユニバーサル学園二年。

主人公、神谷《かみや》健二のクラスメイトにして、家も隣同士の幼なじみ。

仕事で海外赴任《ふにん》している健二の両親に代わって彼の面倒《めんどう》を見る、ちょっとお節介《せっかい》な女の子。

さらにいえば学園一可愛いと名高い美少女。

さらにさらに、もちろんもちろん主人公一筋。

もちろん、メーカーの公式キャラ人気投票でもぶっちぎりのトップを獲得《かくとく》した、まさにプレイヤーの〝こうあってほしい〟を凝縮《ぎょうしゅく》した、メインヒロイン・オブ・メインヒロインなのである。

「で、でも、別に主人公と他のヒロインとの恋愛《れんあい》を邪魔《じゃま》することもないし、そんなに気にすることも……」

だが、それでもこのゲームは、さっきから散々言っている通り、ぬるま湯萌えゲーだ。

だから彼女が、どのヒロイン攻略の時にも出張ってきて三角関係を形成したり、体で主人公を繋《つな》ぎとめようとしたり、専用のふられ挿入歌《そうにゅうか》に乗って涙を流したりはしない。

「どれだけ擁護《ようご》されても、ウザいものはウザいんです……っ」

「え、えっと、微妙にネタバレするけど、千夏ってさ、他のヒロインの個別ルートに入ると、主人公とヒロインを陰《かげ》から暖かく見守ったり、時おり適切な助言を与《あた》えたり……」

「そういうところが余計に嫌なんですっ！　この正妻《せいさい》感というか、『わたしだけが健二ちゃんのことわかってるのよ』感、とてもとてもとても気に入らないです……っ」

「そ、そう……？」

そしてこの後、俺と出海ちゃんは協議の末、オプションの『未読スキップ』の項目《こうもく》をオンにした……

※　※　※

菜々美『は、はい、健二先輩《せんぱい》が求めてくれるなら、菜々美……で、でも、恥ずかしいから電気、消してくださいね……』

「…………（ごくっ）」

「い、いや〜、この台詞《せりふ》よく残せたよな〜、普通《ふつう》なら移植の際にカットされるのに」

そんなこんなで、夜中三時を過ぎた（ゲーム内で四か月経過した）あたりで、ようやく出海ちゃんの念願叶《かな》い、菜々美の個別ルートに突入《とつにゅう》し。

そこから付き合い始めて一か月（早朝四時）過ぎで、ようやくエッ……イチャイチャシーンへと突入した。

菜々美『け、健二先輩……その、先輩も、目、閉じてくださいよぉ』

「…………（ぷるぷるぷる）」

「そ、そうそう！　こうやって目を閉じたアップのＣＧって一時期流行《はや》ったよな～！　こっちもディスプレイに顔を近づけた瞬間《しゅんかん》に画面が暗転して自分の顔が映し出されて死にたくなってさ～」

そんな、女の子と一緒に〝する〟ならともかく、女の子と一緒に〝見る〟にはしのびないシーンにきて、俺はまるで男友達同士でＡＶ鑑賞《かんしょう》会をしてる時のように妙《みょう》にテンション高く饒舌《じょうぜつ》にツッコミを入れていた。

いや男子集めてＡＶ鑑賞会とかしたことないけど。

というか、今までも色々な女の子《加藤とか美智留とか》に、こういうシーンのプレイを強要……いや推奨《すいしょう》したことはあるけど、フラットにかわされたり、あからさまに嫌《いや》がられたりしたから、逆に気まずさを感じずに済んでいたようだ。

けれど、こうやって、あまりに真剣《しんけん》に没入《ぼつにゅう》されてしまうと、こう、なんていうか……

菜々美『これで、健二先輩はわたしのもの……わたしは、先輩のもの、ですね……ふふっ、ふふふっ』

「あああああ〜っ、萌えるぅぅぅぅぅぅぅぅぅ〜〜〜！」

「うわあああっ!?」

そして、出海ちゃんは……とうとう限界を突破《とっぱ》した。

「可愛いっ！　いじらしいっ！　キュンキュンするっ！　ねぇ先輩！　ちょっと転《ころ》げ回っていいですか〜!?」

「いやもうとっくに転げまわってるからキュンキュン回転してるから！」

コントローラーを握《にぎ》ったまま床《ゆか》を転がり、奇声《きせい》……いや歓声《かんせい》をあげて菜々美の処女喪《そう》……恋愛成就《じょうじゅ》を自分のことのように喜んでいる……などと、言葉を選んで表現してみた。

「んふふふ〜、あ〜もうっ、わたしもうこの世界から現実に帰らなくてもいい〜」

「い、出海ちゃん……っ」

そんな、今まで誰《だれ》も見せたことのないハイテンションなリアクションを返す出海ちゃんを見て、俺は言葉を失っていた。

けれどそれは、呆《あき》れたからでも、恐《おそ》れおののいたからでも、ドン引きしたからでもなかった。

だって俺は、こういうリアクションをする奴《やつ》を、ずっと前から知っている……

俺自身は、直接見たことはなかったけれど、でもきっと、俺を知っている人間なら、見たことがあるはずだ。

そう、それは……

「だよなっ、だよなっ⁉　菜々美ちゃんすっげぇ萌えるよな⁉」

俺だ。

「もう激萌えですっ！　結婚《けっこん》した！　わたし菜々美ちゃんと結婚しました！」

「おめでとう……結婚おめでとう出海ちゃんっ！」

「ありがとうございます倫也先輩《せんぱい》！」

猛烈《もうれつ》に湧《わ》き出るシンパシーに促《うなが》されるまま、俺は出海ちゃんと固く手を握り合う。

そうだ、今の出海ちゃんは、まさに俺だ。

掛け値《ね》なしに、俺とタメを張る、超《ちょう》ポジティブ妄想《もうそう》系オタクなんだ。

ならば、手加減は無用だ……

「だがな出海ちゃん、この程度で死んでたら、ここから先、体がもたないぞ？」

「こ、この後もそんなに凄《すご》いんですかっ⁉」

「ああ、何しろこれは初エッ……イチャイチャシーンでエンディングを迎《むか》えるようなエロ薄《うす》……いや萌え薄ゲーじゃない！　これから何度も何度も同じCGとテキストを使い回したエッチシー……イチャイチャシーンが繰《く》り返されるんだ！　君にそれら全てを受け止める覚悟《かくご》があるか⁉」

「大丈夫《だいじょうぶ》ですっ！　わたし延々と転がり続けます！」

「よくぞ言った！　じゃあ次からは俺も転がるぞ！　覚悟しろ出海ちゃん！」

「先輩こそ、しっかりついてきてくださいね！」

「それはこっちの台詞だぁぁぁ～！」

さっきまで恥《は》ずかしがってネタ解説をしていた自分が恥ずかしい。

一人でプレイしていたら、俺だって出海ちゃんと同じことをしていたはずじゃないか。

だったら、二人でやれば、最強に決まってる……


菜々美『ね、せんぱぁい……まだ朝まで時間ありますよぅ？　だから、も一度、ね？』

「「あああああぁぁぁぁぁぁぁぁ～～～!!!」」

菜々美『け、健二先輩……その、先輩も、目、閉じてくださいよぉ』

※　※　※

「…………（ぽぉ～）」

「…………」

「……ねぇ、先輩」

「……ん～？」

「……これで何度目ですかねぇ、このシーン」

「五回目から数えるのをやめた……」

そして、土曜の午前六時。

空が白《しら》みかけ、外からスズメやハトの鳴き声が響《ひび》き、街が起き始める頃《ころ》……

「そろそろ菜々美ちゃんに言われるまま、リアルで目を閉じてしまいそうです～」

「だから言っただろ、ずっと同じシーンが続くって～」

菜々美個別ルートは、まだまだまだまだ続いていた……

朝、菜々美が家まで迎えに来て、手を繋いで登校して、学校に着いたら友人たちに冷やかされて、お昼休みは屋上で彼女の手作り弁当を『あ～ん』と食べさせてもらい、放課後には主人公の部屋で、夜遅《おそ》くに彼女が帰るまで〝二人きり〟の時間を過ごす。

……そんな変化のない日常を、そろそろ一か月続けている。ゲーム内時間で。

「で、これだいたいどのくらい進んだんでしょうか？」

「微妙《びみよう》にネタバレするけど、このまま同じことが起こり続ける日々をあと一か月近く続けたら、『そして数年後』って表示されて、そこからは一瞬《いつしゆん》でエンディ……」

「あ～、その先は言わなくていいです～。最低でもあと二時間は続くってわかっただけでお腹《なか》いっぱいです～」

「頑張《がんば》れ出海ちゃん……」

「まぁ幸せだからいいんですけどね～」

「そうだな～」

で、この、共通ルートなど比較《ひかく》にもならないぬるま湯の極致に延々と浸《つ》かり続けた結果、出海ちゃんはとうとうふやけてしまった。

ぼぅ～っとベッドに預けていた背中はずりずりとずり下がり、もはやその姿勢は寝転がっていると言っても過言ではない。

「もうエッ……イチャイチャシーンの台詞、全部覚えちゃいましたよぅ」

「台詞の数そのものは多いけど、パターン少ないもんな〜」

まぶたはすでに、菜々美ちゃんに促されたせいか半分閉じかけていて、果たしてもう画面を見ているのかどうかもわからない。

「お〜い、ゲーム進めろよ出海ちゃん〜、四八時間ぶっ続けで頑張るって意気込みはなんだったんだ〜」

そしてとうとう、出海ちゃんの手から、コントローラーがぽろりと零《こぼ》れ落ちた。

「何言ってるんですか、進めてますよ〜」

「嘘《うそ》つけ〜」

「ほんとですよ〜」

テレビ画面のメッセージウィンドウは動かなくなり、微妙にムーディーなＢＧＭだけがループする。

「菜々美ちゃんの台詞が流れてこないぞ〜」

「何言ってるんですか、流れてますよ〜」

出海ちゃんは、駄々《だだ》をこねるように俺に反論するけれど、もはやその顔を上げることもできず、床に突《つ》っ伏《ぷ》したまま復活する気配はない。

「とりあえず、寝《ね》るならベッド使うか、毛布でも掛《か》けろよ～」

というわけで、どうやらギャルゲー四八時間マラソンは、一時中断を余儀《よぎ》なくされそうな状況《じょうきょう》となり。

俺は、出海ちゃん用の毛布をクローゼットから取り出すために立ち上がろうとして……

「『せんぱぁい、好き、大好き』」

「え……？」

そして、ゲーム再開の鬨《とき》の声を聞いた。

「『うん、そう……こうやって、ぎゅって、してください』」

「い……出海ちゃん？」

けれどその声は、テレビのスピーカーとは違《ちが》うところから流れてきて。

そしてその声は、菜々美役の声優さんのそれじゃなかった。

「『先輩《せんぱい》、あったかい……それに、いい匂《にお》い、しますぅ』」

「ちょ、ちょっと⁉」

その、甘えまくったような声が漏《も》れ出てくる場所……俺の隣《となり》に寝転がる出海ちゃんを見下ろすと、相変わらず顔は床に突っ伏したまま、けれどその手は、立ち上がりかけた俺のシャツの裾《すそ》をきゅっと摑《つか》んでいる。

「ほらぁ、まだゲーム続いてる～、でしょぉ？」

「あ……」

つまりこれは、要するに、出海ちゃんの言い訳だ。

「じゃあ、続き行きますよぉ……『ね、先輩、わたしたち、これで何度目でしょうね？何度、抱《だ》き合ったんでしょうね？』」

画面（じゃないけど）から、菜々美ちゃんの台詞《せりふ》が流れ続けていると。

自分は寝落ちしていないと。ちゃんと宣言通りゲームを続けていると。

そう、見苦しい言い訳をしているだけで。

……ただ、その言い訳が甘《あま》過ぎるだけで。

「『ね？　倫也先輩？』」

「いやそこ健二先輩でしょ⁉」

「違いますよぅ、そこは『おいで、出海ちゃん』でしょ？」

「違うよぅ！　せめて『おいで、菜々美ちゃん』でしょ⁉」

「んふふ～、わかりました～♪」

「う、うぉう……っ」

出海ちゃんの手がゾンビのように伸《の》びて、立ち上がりかけていた俺を、ふたたび床へと引きずり下ろす。

そして、ぺたんと座らされた俺の膝《ひざ》の上に、ちょこんとその頭を乗っけてくる。

さらに、その体勢のまま、首をふるふると振《ふ》って顔を埋《う》めてくる。

というわけで、俺の膝から下は、諸事情により、むにゅむにゅ、ぷにぷにとしか形容のしようがない感触《かんしょく》に包まれ、俺はもはや立ち上がることも、ずり下がることも、動くことすらできない事態に……

「『ね、先輩……なでなでしてください、よぉ』」

「な、なで……っ⁉」

もうこれは、わかってやってるのか、夢うつつなのかすらわからん。

「『いいこ、いいこって、してください、よぉ』」

そう、俺には何もわからない。

ただ一つ、わかることといえば……

「い……いぃこ、いいこぉおおぁぁぁぁぁぁ……っ」

甘えん坊後輩《こうはい》最強……いや後輩キャラ最強。

裏切りも寝取りもいじめもない、何の憂《うれ》いもないイチャイチャ最強。

※　※　※

「……え～と、おはよう安芸《あき》くん？」

「……よぅ、加藤」

「…………（すぅ、すぅぅ）」

土曜、午前一〇時。

陽が昇りきり、街も息づき、本格的に週末が始まろうとする頃。

「昨夜、出海ちゃんからゲームの実況《じっきょう》らしきメッセージが届いてたから、一応陣中見舞《じんちゅうみま》いに来てみたんだけど」

「そりゃ、どうも」

「…………（くぅぅぅぅ～）」

画面の中で、目を閉じたまま動かない菜々美ちゃんと、延々とループし続ける微妙にムーディーなＢＧＭ。

そしてリアルで目を閉じたまま動かない出海ちゃんと、その彼女に下半身をがっちりホールドされて動けない俺。

　そんな、時間が静止したかのような俺の部屋をようやく動かしたのは、実に自然に人んちに上がり込み、当然のように俺の部屋のドアを開けた来訪者《加藤》だった。

「事情なら出海ちゃんが起きてから本人に聞いてくれ。俺は言い訳はしない」

「で、この状況は……」

「…………（すぴ～）」

「その潔《いさぎよ》さが逆に〝なんだかなぁ〟だよね」

「どうせ間《ま》違《ちが》いが起こったなんて思ってないんだろ？」

「起こったの？」

「……特には」

「うん、知ってた」

「あ、そ」

「…………（んふふ～）」

　俺の二次元に対する愛の深さを信じているのか、それとも三次元に対するヘタレさを見くびられているのか……いやおそらくというか間違いなく後者なんだけど。

「だがな加藤……俺は今日、重大なことに気づいた。というか目覚めたんだよ」

「ふぅん。あ、そういえば安芸くんも出海ちゃんも朝ご飯まだだよね？」

「……何について目覚めたのか聞かないのかよ？」

「あ、聞いてほしかった？　じゃあどうぞ」

「やっぱり、懐《なつ》き系後輩ヒロインは可愛いって……その愛らしさに二次元も三次元もないんだって……っ！」

「それで、一応サンドイッチ作ってきたから、そろそろ出海ちゃんも起こして朝ご飯にしようか」

「そこまで見くびらなくてもいいんじゃないでしょうか加藤さん⁉」

第三章　出番は少ないが強烈な印象を残した……と思いたい

「こんばんは〜、トモ〜、上がるよ〜？」

※　※　※

静流《しずる》『おはよ健二《けんじ》っ。ほら、起きて起きて！　今日もいい天気だよ〜』

「…………（いらっ）」

「…………」

「…………」

土曜、午後七時過ぎ。
陽が沈《しず》み、空気が涼《すず》しさを取り戻《もど》し、街が落ち着き始める頃《ころ》……

静流『あ、予鈴《よれい》だ。席に戻らないと……う〜、健二とずっと一緒《いっしょ》にいたいのになぁ！』

「…………（むかっ）」

「トモ～、遊びに来たよ～。あれ、今日もおそろいだね～」

「美智留《みちる》？」

「あ、氷堂《ひょうどう》さん、こんばんは」

相も変わらずゲーム三昧《ざんまい》な俺たち三人のところに、数時間ぶりに新たな来訪者が現れた。

その来訪者とは……

静流『さ、帰ろ健二！　あのさあのさ、あたし今日、晩ご飯カレーがいいな～。ね、健二から千夏《ちなつ》ちゃんに頼《たの》んでみてよ～』

「…………あぁぁぁぁっ、腹立ちますねこのイトコの隠《かく》しキャラ～！」

「うわっ、なんなの波島《はしま》ちゃん⁉」

「またか……」

「そろそろ帰った方がよくない出海《いずみ》ちゃん？」

そう、その来訪者とは、皆《みな》と同じサークルの仲間。

そして、俺のイトコにして、隠しキャラ……ではない美智留であった。

「はぁ？　ゲームの隠しヒロイン？　なにそれ？」

「いやまぁ色々と複雑な事情があってだな……」

神谷《かみや》静流。ゲーム二周目以降、とある条件により私立ユニバーサル学園二年に転入してくる転校生。

主人公、神谷健二のクラスメイトにして、イトコ。

彼女の両親もまた、健二の両親と同じく海外赴任《ふにん》が決まり、二組《ふた》の両親の『合理的な判断』により、健二の家で同居することになった、ちょっと馴《な》れ馴れしい女の子。

さらにいえば、スポーツ万能であっという間に学園中の話題をさらった人気者。

さらにさらに、皆にフランクに接してはいるけれど心の奥底では主人公一筋。

まさにプレイヤーの〝こうあってほしい〟を……あ～、もういいや、このゲームそんなキャラしかいないし。

「聞いてくださいよ美智留さん！　この静流ってイトコ酷《ひど》いんですよ！　何の前振《ふ》りもなく突然《とつぜん》転校してきたかと思ったら、家でも学校でも、幼なじみの千夏以上に健二先輩《せんぱい》にべったりで、もう鬱陶《うっとう》しいったらありゃしない！」

で、そんな、主人公にとって優しく、しかし後輩《こうはい》ヒロイン菜々美《ななみ》ちゃんには多分優しくないであろう隠しヒロインの登場に、出海ちゃんはキレていた。

「……へ～、そっか～、先輩と仲のいいイトコが鬱陶しいか～、いっつもそんなふうに思ってたんだね～、波島ちゃん」

「あ～、いや、出海ちゃんは純粋《じゅんすい》に静流のことを怒《おこ》ってるだけで……」

で、キレるあまりに、その矛先《ほこさき》が全然関係のない美智留に向かう。

そう、全然関係ないけど、イトコで、何の前振りもなく俺の部屋に現れ、妙《みょう》に馴れ馴れしい美智留に……いや全然関係ないよな？

しかし、さすがに出海ちゃんよりも二つ年上である美智留は、そんな出海ちゃんの理不《りふ》尽《じん》な怒《いか》りに対して挑発《ちょうはつ》するでもなく、反論するでもなく……

「でも、そっかぁ……そのイトコキャラ、同じ学校に転入してくるんだ……そりゃ確かにうまくやりやがっ……鬱陶しいよね～」

「ですよねそう思いますよね美智留さんっ!?」

「……美智留？」

なぜか微妙《びみょう》に落ち込んでいた……

いや、なんで？

※　※　※

土曜、午後九時前。

陽がとっぷりと暮れ、空気が少し冷たく、街が静まってきた頃……

「それじゃね安芸《あき》くん、美智留さん」

「おしぇわになりまひた〜、とよもゃしぇんぱい〜」

「ばいばい加藤《かとう》ちゃん、波島ちゃん〜」

「……出海ちゃんのことよろしく頼むぞ、加藤」

後輩キャラ菜々美ちゃんに入れ込み過ぎて、二キャラ目の攻略《こうりゃく》で心折れた上に、とうとう電池切れを起こしてしまった出海ちゃんは、当初の予定を一日短縮して帰宅の途《と》に就《つ》くことになった。

「じゃ行こうか出海ちゃん。わたしが家まで送ってくから」

「あ、ありがとございましゅ〜、めぐみはん……ついでに、おうちでお茶でものんでってくだしゃい〜」

「あ、今の時間だとお兄さんがいそうだから嫌《いや》……ううん、家族の人が家にいると思うから遠慮《えんりょ》しておくよ」

「……加藤？」

そんなわけで、加藤に支えられて出海ちゃんがぽよぽよと可愛くふらつきながら視界から消えていく。

いや加藤も一緒に消えていってるんだけど、今日のあいつのステルス性能はいつも以上に高かったから、最初からいたような気がしない。

「にしてもさ、毎週毎週女の子家に連れ込んじゃって〜。リアルでも着々とトモハーレムが完成してってるね〜」

「……これはゲーム合宿なの。出海ちゃんは俺の部屋にいたんじゃなくて、私立ユニバーサル学園にいたんだよ」

「そもそもなんでゲームの中の学校ってそんなに名前が適当なの？」

「日々リアルを適当に生きてるお前に言われたらゲーム制作者も立つ瀬《せ》がないな……」

二人の姿が消えるまで手を振って見送り、玄関《げんかん》を閉めると、美智留がとんとんと軽快に階段を上りながらいつものように俺を揶揄《やゆ》してくる。

で、俺はその、軽快に弾《はず》む露出《ろしゅつ》度の高いお尻《しり》や太股《ふともも》から目を背《そむ》け、やっぱりいつものように美智留に文句っぽい反論を垂れる。

「ま、それはそうとさトモ、そうやってあんま調子乗って、またこの前みたいにサークルクラッシュしても知らないよ？　そりゃ、あたしは寛容《かんよう》だし、誰《だれ》かさんと違《ちが》って無言で圧力掛《か》けたりしないからどうでもいいけどさ～」

「違うもん人間関係のせいじゃないもんサークルの方向性の違いだもん！　あと誰かさんって誰⁉」

だいたい、すぐ『音楽性の違い』とやらで解散するバンドの連中にそういうこと言われたくない訳よ……。

「で、結局お前は何しに来たんだよ？」

「そりゃサークル活動だよトモ。新作ゲームのＢＧＭと、ついでにバンドの新曲をちょろっとね～」

「自分ちでやれよ自分ちで……」

「何言ってるかな～、ゲームの曲なんだからゲームのことわかってなきゃ作れないでしょが。というわけで色々と教えてもらいに来たわけよ～」

加藤と出海ちゃんを見送って部屋に戻ると、美智留はとうとう本性《ほんしょう》を現し（いやいつもだって隠してないけど)、この部屋の主《ぬし》のようにベッドに鎮座《ちんざ》してギターをかき鳴らし始める。

「とは言ってもさ、実はまだシナリオ一行も上がってないから、教えるも何も……」

「でもさ、プロットってやつは上がったってこの前言ってたよね? それさえあれば、BGMの指示は出せるはずだって聞いたよ?」

「そりゃ、まぁ……」

ゲームやアニメ、ドラマや映画のBGM……いわゆる劇伴《げきばん》というのは、映像が完成してからその絵に合わせて作り込むということは、今の制作の中ではほぼありえない。

まずは企画《きかく》、シナリオ段階で、どの場面にどのような雰囲気《ふんいき》の音楽が必要かを企画レベルに携《たずさ》わる人間が決め、そのシーンのイメージとともに音楽担当に発注をかけるというのがもっとも一般《いっぱん》的なやり方だ。

だから美智留の言っていることは至極《しごく》まっとうであり、この原則が崩《くず》れ、なかなかBGMやらイベント絵やら背景やらの発注が出てこないせいで後々の進行がグダグダになって崩壊《ほうかい》していくプロジェクトにおいて誰が一番の戦犯なのかは……ああ、いや、そんなことは今はどうでもいいよね。

いや、まぁ、それにしても……

「ところで美智留、お前、いつの間にかゲーム制作のこと詳《くわ》しくなってるな?」

「え? あ、いや……そ～かな～?」

そう、その、ゲーム制作の本質を突《つ》いてくる美智留の成長ぶりよ。

そうやって、劇伴に対する知識を蓄《たくわ》え、しかも早い段階から真面目《まじめ》に取り組もうとする美智留は、今までの、ゲームのことをピコピコと呼び、オタクを別次元の生き物として理解しようとしなかった美智留と同一人物とは思えない。

「あ～、ほら、これからはトモのパートナーとしてやっていく訳だし、ならちゃんと勉強しなくちゃって思ってさ」

「み、美智留っ……お前って奴《やつ》は……っ」

そう、成長しているんだ……

数か月前、サークルクラッシュ……いや、サークルの方向性の違いにより、大きな変化が訪れた俺たち『blessing software』……

英梨々《えりり》が抜《ぬ》け、詩羽《うたは》先輩《せんぱい》が抜け。

そして出海ちゃんが、ついでに伊織《いおり》が加入し。

そんなふうに、ドラスティックな変化ばかりが目立っていた俺たちだけど。

でもそんな〝変化〟だけじゃない、〝進化〟の芽だって、確実に息づいているんだ。

俺たち『blessing software』は、確かに前とは違う。

前より、凄《すご》くなっているんだ……

「はい、そんな訳だから、ちゃっちゃとBGMの指示書渡《わた》してよトモ。スケジュール通りならそっちはもう完成してるはずだよね？」

「ごめんなさい申し訳ございませんあと二時間くらい待っててください～！」

いや、俺の担当する企画・シナリオパートを除いて。

※　※　※

静流『け、健二……本気、なんだ？　マジであたしのこと、欲しいんだ？』

「え～と、テンポはこんな感じかな……」

「………」

そんなこんなで、土曜もすでに午後一〇時。

静流『ちょ、ちょっと、健二……あんた、獣《けもの》みたいな目、してるよ？』

「キーは……いや違うかな？　もうちょっと下げて……」

「…………っ」

出海ちゃんのゲーム合宿から始まった耐久《たいきゅう》サークル活動は、美智留の作曲合宿へとバトンが受け継《つ》がれて、そろそろまる一日以上が経過しようとしていた。

……ちなみによく考えたら俺は金曜朝から四〇時間ほど絶賛連続稼働《かどう》中だ。

静流『あ、あはは……しちゃったね。あたしたち、親戚《しんせき》同士なのに……こぉら、いけないコだなぁ、健二ぃ』

「……ね～トモ」

「っ……な、なんだよ!?」

「今から二《ツー》パターン弾《ひ》いてみるからさ、どっちがいいか選んでくんないかな？」

「い、いいよ、まずはどっちも作っといてくれ。どっちも使うかもしれないし」

で、そんな状態のせいで『あと二時間』という約束がとても守れないと悟《さと》った俺は、そのことを正直に美智留に告げ、今回のサークル活動は延期してもらおうと頭を下げた。

けれど美智留は、『なら代わりにこのゲームの似たようなシーン見せてよ』と、ついさっきまで出海ちゃんがプレイしていた某市販《ぼうしはん》ギャルゲーのエッ……イチャイチャシーンを参考に曲を作り始めたのが今の状況《じょうきょう》という訳で。

ま、それはそうと……

「それはそうとさ、トモ」

「今度はなん……」

「あんたなんでさっきから声が裏返ってんの？」

「特に理由はないから！」

サンプルとして、このヒロインのこのシーンを使ってしまったのは、色々とマズ過ぎた。

いや別に、ヒロインがイトコだからとか、サバサバした女の子との成り行き任せなシーンだからとか、妙《みょう》に親戚関係の生々しい台詞《せりふ》が混じってるからとか、そういうことではなく……

「ね～、なんでなんで～？」

「くっ……」

そう、違うから。

別に作中のイトコヒロイン静流が、こうやって素足のつま先で主人公の背中をつんつんつついてくるような女の子だからという訳じゃないから。

「あっはははは〜、いいねいいね〜、この静流ってコ。人生最大の過《あやま》ちっていうかトラップっていうか、そういう『選んじゃいけないコ』っぽさが凄いよね〜」

「……そうですかお前がそれを言いますか」

……うん、ごめん選択《せんたく》ミス認める。

せめて菜々美ちゃんとのシーンをサンプルに使うべきだった。

「ん〜、にしても、なんか微妙《びみょう》にムーディーな曲にしかなんないよこれじゃ」

「まぁ、それがイチャイチャＢＧＭのジレンマというやつよ」

で、美智留の方はといえば、そんなふうに足の爪先《つまさき》で俺にちょっかいをかけるというふざけた真似《まね》をしつつも、手の指先の方ではギターの弦《げん》を爪弾《つまび》き曲作りに勤《いそ》しむという、身体的にも精神的にもなかなかに器用な真似をしていた。

「もうちょっと遊びを入れられたらなぁ……リズムをエイトビートにするとか」

「いやそれ雰囲気ぶち壊《こわ》しだろ……」

だいたいイチャイチャシーンでエイトビートって、どんだけ速い反復運動なんだよ。

「いいか美智留、劇伴ってのは、自分一人で目立っちゃいけないんだ。あくまでシーンを盛り上げるための従属的な要素として、映像やストーリーに寄《よ》り添《そ》っていなくちゃならないんだよ」

「そのシーンってやつを約束の期限までに指定できないモノ書きが何か言ってるし～」

「いてっ」

さっきまで背中をなでなでしていたつま先が、今度は俺の後頭部をぽてっと叩《たた》く。

実際、女の子にやられていることとしては、一般的にはとても屈辱《くつじょく》的な行為《こうい》ではあるけれど、明らかにこちらの落ち度が大きい現状では怒《おこ》る訳にはいかない。

あと、別の理由で『ありがとうございます！』とか感謝する訳にもいかない。

「だいたい、このシーン退屈《たいくつ》だよ～。さっきからベタベタするだけで、ちっとも先に進む気配がないし、やっぱオタクって男も女もチキンってことなのかな～」

「……美智留、お前は肝心《かんじん》なことをわかっちゃいない」

美智留のそのあからさまな問題発言に、俺は『原作だとチキンじゃないもん！　それどころかベッ○ヤクザと処○ビッチだもん！』と反論したい気持ちをぐっと抑《おさ》えた。

「いいか美智留……萌《も》えと退屈は紙一重《ひとえ》なんだ」

「そうなの？」

「ああ、萌えという感情はだな、少し退屈を感じるくらいの穏《おだ》やかな状況でなければ、存分に堪能《たんのう》することはできないんだよ」

「けどさぁ、映画とかでも、退屈なシーンより劇的なシーンの方が、男の子のことをカッコいいとか、女の子のことを可愛いとか感じることが多くない？」

「ああ、そう思うのもわかるよ」

例えば、ギリギリのピンチに追い込まれてからの、ヒーローの大逆転劇。

例えば、彼女の命が消えてしまう寸前の、最初で最後の、一瞬《いっしゅん》のラブシーン。

例えば、曲がり角で女の子にぶつかった男が、弾《はず》みで彼女のスカートの中に頭を突っ込《こ》んでしまい……は喩《たと》えとして微妙だから除外するとして。

「でもな美智留……それは、本当の意味で、そのキャラクターの魅力《みりょく》を堪能したことにはならないんだよ！」

「え～、どうして？」

「……なぜならそれは、吊《つ》り橋《ばし》効果の可能性もあるからだ」

そう、生死の境や、世界の激動の狭間《はざま》で感じるキャラクターの魅力は、その瞬間の現象と不可分だ。

つまり、その瞬間に感じている彼女の魅力とは、実は『今から死ぬのが可哀想《かわいそう》なだけ』だったり、『大逆転勝利の感動に酔《よ》っているだけ』なのかもしれない。

「だからこそ、退屈なシーンで感じられる〝可愛い〟こそが、混じりっ気《け》のない、真の可愛さだということが言えるんだと思うだがどうだろう美智留!?」

「いや、どうだろうと言われても……」

あと、感動的に盛り上げ過ぎると、逆に扇情的《せんじょう》には盛り下がってしまうという意見もあるにはあるが、とりあえず今はそっちの主張は控《ひか》えておく。何しろ一般ゲーだし。

いや、もう完全に言い訳効かないだろという反論もあるかもしれないけど。

「だから、イチャイチャしてるときに泣けるBGMは不要だ。燃えるBGMは捨てろ。ただ耳に心地《ここち》よく、女の子の魅力を引き立てるためだけの添え物に徹《てつ》してくれ!」

そう美智留に告げたとき、俺はもう、彼女に丸めた背中を向けてはいなかった。

ただ、真正面から強い視線で見つめ返していた。

そして美智留の方も、正面を向いた俺の額を足のつま先で小突《こづ》いたりせず……いやそんなことしてたらマジでこの親戚関係ヤバいけど。

ただ、ギターの弦にかけた指を動かすこともなく、真摯《しんし》に俺の言葉に聞き入っていた。

「それって要するに、退屈で、単調で、耳に残らない曲を作れってこと?」

「ちょっと違《ちが》う。退屈かつ単調なようでいて、妙に耳に残る曲、だ」

「……随分《ずいぶん》と難しいオーダーだねぇ」

「ああ、ギャルゲーのBGMを舐《な》めるなよ美智留? 質も量も、かなりのレベルを要求されるぞ？」

「…………」

「…………」

そんな、ほんの一瞬だけ、この部屋における主従関係が対等になったかのような平等な睨《にら》み合いを経《へ》て……

「ワガママ言うな、こら」

「いてっ」

美智留が、くすっと笑い……そして、俺の顔の前にショートパンツから伸《の》びた健康的な生足をにゅっと伸ばすと、俺の額を足のつま先で小突いた。

駄目《だめ》じゃんこの親戚関係マジヤバいじゃん！

「じゃ、退屈な曲作るために、退屈なことしよっか～」

と、そんなデンジャラスな一撃《いちげき》も、すぐになかったかのように、美智留がギターを抱《かか》えたままベッドを降り、俺の隣《となり》の床《ゆか》に座る。

「お、おい、狭《せま》い狭い」

「ほら場所空《あ》けてトモ……それから、後ろ向く」

「う、後ろって、おい？」

「よっ……と」

「……ぁ」

強引に場所を取られて、強引に方向転換《てんかん》させられて。

そして最後には、強引に、美智留の背中の温《ぬく》もりを、俺の背中に感じさせられた。

「うん、これは……退屈だ～」

「美智留……」

背中越《ご》しに、美智留のギターの音がふたたび鳴り出す。

けれどその旋律《せんりつ》は、音だけでなく、美智留の背中越しの震動《しんどう》からも伝わってくる。

「トモが、もんのすごく近くにいるのに、いじめることもできない……すごく退屈だよ」

「いやいじめんなよ」

「あ～、くそっ、もどかしいな～」

「……ん」

うん、確かにこれは、美智留にとって退屈だろう。

だってこれじゃ、俺たちは同じものを見ることができない。

たくさん触《ふ》れ合っているくせに、肝心の手や足で触れることができない。

だから、何のちょっかいもかけられない。

うん、これは本当に退屈だ……お互《たが》い。

「でもさ、トモ」

「ん?」

「こういうのも悪くないね〜」

「……ノーコメント」

「にひひ〜」

「変な声出すな、こら」

そんな、なんでもないお喋《しゃべ》りを続けつつも、美智留のギターは鳴り続ける。

穏やかで、優しくて。

速くも、激しくも、高くも低くもない音を奏でながら。

「でも、おかげですごくイメージ通りの曲ができそうだよ、トモ」

「そっか」

それはまるで、心臓の音に合わせているように、とくん、とくんと。

そして、優しく抱《だ》き合っているかのように、しっとりした音色《ねいろ》で。

「でもでも、やっぱトモはチキンだ〜」

「やかましい」

「だからまぁ、出海ちゃんは大丈夫《だいじょうぶ》そうなんだよな」

「ふ～ん」

※　※　※

そして、土曜の……いや、日曜の午前一時過ぎ。

美智留の『イチャイチャシーン用』の作曲もあらかた終わり、二人して気《け》だるい雰囲気《ふんいき》を醸《かも》し出している週末の深夜。

とはいえ別に二人して全裸《ぜんら》でシーツにくるまっていたりとか煙草《たばこ》の煙《けむり》をくゆらせていたりとかしてる訳ではないので安心して欲しい。

「確かに、英梨々のあのキービジュにはビビったみたいだったけど、そのせいで今はモチベーションも上がってて、いいものを仕上げてくれそうだ」

「澤村《さわむら》ちゃんのアレって、みんなそんなにショック受けたんだ？」

「……ちなみに先週まで新宿の中央東口に飾《かざ》られてたぞ。でっかい看板になって」

「そう聞かされると、もう雲の上の人だよね～」

美智留は、今週のミッションを見事終わらせると、寝《ね》るでもなく、食うでもなく、三大欲求《よっきゅう》の残り一つを満たすでもなく、まだ床に座り、背中を俺に預けたまま休憩《きゅうけい》に入った。

「ま、とにかく、そんな訳で出海ちゃんの件については解決した。スケジュール的にはちょっと押してるけど、あのコのことだから、これから巻き返してくれるさ」

「となると問題なのは、加藤ちゃんの方、だねぇ」

「ああ……」

で、そんな美智留に、何故《なぜ》だか俺は今、サークルの相談事をしてしまっている。

きっかけは、美智留の方からだった。

俺が、さすがに体力の限界を感じ、彼女の背中に体重を預け、少し気を失おうとした瞬間……

『ね、トモ……あんた今、サークルのことで悩《なや》んでるよね？』

美智留の方からの、まさかの問いかけに、言葉を失うと同時に眠気《ねむけ》が吹《ふ》っ飛んだ。

その後も彼女は、『なんの冗談《じょうだん》だよ？』と切り捨てようとした俺に『ま～ま～、ここは一つ、姉貴分であるみっちゃんが相談に乗ろうじゃないの～』と、妙《みょう》に頑《かたく》なに譲《ゆず》らず、サークルの事情に介入《かいにゅう》しようとしてきた。

それが、一仕事終えた満足感からのお節介《せっかい》なのか、それとも実は前から心配していたのかはわからないけれど……

「会おうとしないわけ？　澤村ちゃんに」

「ああ……先月はその気になってたのに、あのキービジュが出てからまた頑なになっちまってさ」

　それでも、『聞いてくれる人がいる』という魅力には抗《あらが》えず、こうして今、俺は美智留に、言わなくていいことまで含《ふく》めて吐《は》き出してしまっている。

「まぁ、澤村ちゃん追い出したの加藤ちゃんだし、今さら仲直りし辛《づら》いってのもあるだろうけどねぇ」

「違うよそれとんでもない誤解だよ加藤そんなに黒くないよ⁉」

「え〜、加藤ちゃんに睨まれたから、澤村ちゃんもセンパイも居場所なくなっちゃったんじゃないの？」

「そうやって加藤《メインヒロイン》のこと印象操作するのやめよう？　これからもこのサークル《作品》続くんだからさぁ！」

　……まぁ、こうして的《まと》外れな茶々も何度も差《さ》し挟《はさ》まれるけど。

「加藤はさ、英梨々にも詩羽先輩《せんぱい》にも出ていって欲しくなかったよ……ずっとあの時のままのサークルを続けたいって思ってた」

「あ〜、それ波島ちゃんにだけは言わないでおこうね」

「けど、だからこそ、裏切られたって気持ちが強いんだろうな」

あ、あと、美智留に相談しようって思った理由がもう一つあった。

「それは、トモだってそうでしょうが？」

「俺は……それでも、二人の熱狂的《ねつきょう》なファンでもあるからな。英梨々と詩羽先輩がクリエイターとして、もっともっと凄《すご》くなるなら、許せてしまうところがあるのかも」

「けど加藤ちゃんは、『ただの友達』か……」

「いい意味でも、悪い意味でも、な」

こういうことを、いつも相談してた加藤《相棒》が、今回ばかりは当事者だったから……

「しっかし考えれば考えるほど、このサークルって加藤ちゃん中心に回ってるねぇ」

「代表は俺だけどな。プロデューサーは伊織だけどな」

サークルのメインヒロインにして、縁《えん》の下の力持ち。

癖《くせ》の強いメンバーの潤滑剤《じゅんかつざい》にして、癖のないなんでも屋。

メンバーの中で一番適当に加入したくせに、今やメンバーの中で一番サークルに思い入れを持つ女の子。

「で、何かアドバイスあるか？」

「一つの案としては……もう澤村ちゃんに関わらない」

「それは駄目だ。そんなことしたら、英梨々が潰《つぶ》れる」

「……それを即答《そくとう》するところも、加藤ちゃんが頑なになってる原因の一つかもねぇ」

「とにかくＮＧ。加藤と英梨々を和解させる方向で頼《たの》む」

途中《とちゅう》で挟んだ美智留の呟《つぶや》きは、まぁ半分くらいは聞こえたけれど、半分くらいは聞こえなかったので証拠《しょうこ》として採用しないことにした。

「ん～、じゃあ……あたしには何もない」

「ま、そっかぁ……」

で、それを踏《ふ》まえての美智留の答えに俺は、少し気が抜《ぬ》けるとともに、ま～そうだよなという気にもなる。

だってもともと、求めてたのは『話を聞いてくれること』だけだ。

それを一番に望んでいたんだから、別にいい。

「けれど、あんたを助けてあげられそうな人なら知ってる」

「誰《だれ》だよ、それ？」

と、せっかく自己完結しようとしたところで、美智留はほんの少しだけ思わせぶりなことを言い……

「それはそうとさ、女の子との関係で悩むなんて、トモも成長したじゃん〜！」

「褒《ほ》めてるか？　それ褒めてんのか⁉」

そして、思わせぶりなままで完結させる。

相変わらず意地悪だなぁ、みっちゃんは。

「いやいやマジだって〜。アニメやゲームの女の子に逃《に》げないし、本人たちとちゃんと話すし、こうして人にだって相談しちゃってさ〜」

「友達関係が壊《こわ》れるのは嫌《いや》だろ……それが男だろうが女だろうが」

世の中で一番怖《こわ》くて嫌《きら》いで辛《つら》いのは、人間関係の崩壊《ほうかい》。

八年半くらい前に、俺はそれを骨身に染み込ませた。

今となってはいい具合に熟成されて、心と体の両方で感じられるトラウマって奴《やつ》だ。

「ん〜、大人になったねぇ、トモ」

「無理に褒めなくていいぞ。どうせ中身はクソオタクのままだ」

美智留が両手を後ろに滑《すべ》らせ、俺の手を探し当てると、その上に自分のを重ねる。

背中に加えての、その両手の温かさに、俺の力と緊張《きんちょう》と不安が溶《と》けていくのがわかる。

「……そんじゃ今から大人のすることしよっか、トモ？」

「お前最近持ちネタ変わってきてないか!?」

なんか、今はサークルにいない、あの下ネタのひとを思い出さずにはいられなかった。

第四章　同じ絵を描き続けることがどれだけ大変かわかるか？

「あ……」

「おう、加藤《かとう》、よかったら一緒《いっしょ》に帰らないか？」

週明け月曜の授業もつつがなく終わり、生徒たちが三々五々校外に流れていく放課後の校門。

その流れに乗って、ものすごくその他大勢っぽく帰宅の途《と》に就こうとしていた加藤に、俺は狙《ねら》い澄《す》ました一声をかけた。

いや実際一〇分くらいここに突《つ》っ立って狙い澄ましてたんだけどな。それでも見逃《みのが》しそうになったけどな。

「なんでわざわざこんなところで待ってたの？　いつもなら待ち合わせ場所だけメールして、人の返事を聞かないままさっさと移動しちゃってるのに」

「せっかく待ってたのになんでそんなこと言うの！　一緒に帰って友達に噂《うわさ》されると恥《は》ずかしい!?」

「恥ずかしくはないけど、ネタでもそうやって大声でキレられると鬱陶《うっとう》しくはあるかな」

「……じゃ、さっさと行くぞ」

最近の例にのっとり、言動も受け流し方も何気に黒い加藤の態度に、微妙《びみよう》に敗北感を味わいつつ、俺は返事を待たずにさっさと駅に向かって歩き出す。

でもって加藤の方はといえば、その水墨画《すいぼくが》のような黒く淡々《たんたん》とした受け答えにもかかわらず、なんだかんだで俺の横にしっかり並んで歩く。

ほんと、最近の加藤は、だいたいいつもこんな感じだ。

言ってることはフラットにグサグサ来るのに、やってることはナチュラルに〝クる〟ものがあって、怯《おび》えていいのか萌《も》えていいのかわかり辛《づら》い。

これも、せっかく友好度が上がって『安芸《あき》くん→倫也《ともや》くん→倫也（トモ）』の第一段階《安芸くん》から第二段階《倫也くん》に行きかけたのに、爆弾《ばくだん》が破裂《はれつ》したせいで元に戻《もど》ってしまった影響《えいきよう》なのだろうか。

……あ、今の喩《たと》えがわからない人は軽く流してくれればいいと思うよ。

「今度の日曜？」

「ああ、いけふくろう前に一一時でどうだ？」

「日曜……」

駅までの道のり。

いつものように、俺の矢継《やつ》ぎ早のオタトークを、まさにのれんのように軽快にいなす加藤という構図はそこにはなかった。

そこにあったのは、俺の真摯《しんし》な誘《さそ》いの言葉に憂《うれ》いの表情を浮《う》かべ、返事に詰《つ》まる加藤という、シリアスかつクライマックスな……

「その日なら英梨々《えりり》も締《し》め切りじゃないって言ってるし、な?」

「う、う〜ん」

いや、もちろんデートの誘いなんかじゃないんだからねっ、だけど。

「あ、加藤の都合が悪いなら、別の日にするけど?」

「別に、どうしても外せない用事はないけど……」

「なら問題ないだろ? あ、俺、邪魔《じゃま》だったら席外すし、二人きりが気まずいなら同席するし」

そう、俺が加藤を誘い出そうとしているのは、今まで何度も何度も延期になっている、英梨々との仲直《なかなお》りデートの件だ。

「加藤、お前、英梨々と話さなくなってそろそろ三か月だろ? いい加減潮時じゃないのか?」

どうよ？　このいい人っぷり。

まるで、攻略《こうりゃく》対象外のサブキャラの女の子でさえ彼女としてあてがってもらえない、主人公の親友ポジの男子みたいだろ？

「安芸くんは何か月話さなかった？　小学生の頃《ころ》、英梨々と絶交してから」

「…………………………五、六年、かな？」

……うん、いい奴過ぎて泣けてくるぜ。

本当、なんであんな身勝手な奴の頼みをここまで親身になって聞かなくちゃならないんだろう俺。

「ならさ、三か月くらい全然序の口だよね」

「最初の半年は特に辛かったぞ……まだその期間があと三か月残ってる」

「安芸くん……」

でもこれは、えっと、そう、加藤のためだ。

いくらフラットで無感動で反応薄《うす》くても、今の関係は、当事者としてはキツいに決まってる。

そりゃもう、こっちとしては痛すぎるくらいわかっているからこそ……

「それほど辛い思いしてやっと仲直りしたのに今度はサークル辞められちゃって、それでよくまた仲直りできたね安芸くん」

「言ってはならんこと言った！　加藤いま俺のトラウマスイッチ押した⁉」

「うん、ごめん、今のはわざと挑発《ちょうはつ》した」

「勘弁《かんべん》してくれ、ちょっと死にたくなった……」

自分でもわかってるけど……いや、自分でわかっているからこそ、そのド正論は許しがたい訳で。

そう、これはもはや、夫にひどいＤＶ受けてるんだけど『この人にはわたしがいなくちゃ駄目《だめ》なんだから』という痛い思い込みのせいで逃げずに側にいる妻の心境のような……

「安芸くんは、さ……幼なじみだからこそ、親友だからこそ、許せないって気持ちになったり、しなかった？」

「……なったりしたけど、しんどいぞ～」

「やっぱり、なぁ」

で、そんな、今までにないくらいに暗黒な毒舌を披露《ひろう》した後……

加藤は、その言動がたった数秒前だったとは信じられないくらい弱々しいため息をつき、弱々しく言葉を紡《つむ》いだ。

「あなたの言う通りだよ」

そして、ずっと正面を見据《みす》えていた顔をふと横に向けて、こちらをちらりと覗《のぞ》き見る。

その表情や仕草はまるで……いや、どう考えても思い違《ちが》いだから、ここだけの話にしておくけれど。

とにかく、それはまるで、甘えているかのようで……

「しんどいよ、倫也く……」


「いやぁ偶然《ぐうぜん》だねお二人さん！　よかったら一緒に帰らないかい？」

……なんて妄想《もうそう》を根元から打《う》ち砕《くだ》く、甲高《かんだか》くて耳障《ざわ》りな声が、唐突《とうとつ》に脳天を突き抜ける。

そこは、いつの間にか辿《たど》り着《つ》いていた駅の改札前。

帰宅途中《とちゅう》の豊ヶ崎《とよがさき》の生徒でごった返す中、髪《かみ》をかき上げ鬱陶しく立ちすくむ、ただ一人他校のブレザーを身にまとった茶髪《ちゃぱつ》パーマのキザったらしい男子。

「伊織《いおり》……？」

そう、サークルメンバーにして、出海《いずみ》ちゃんの兄である波島《はしま》伊織……って、もう先週《プロローグで》紹介《しょうかい》したよね。

「間に合ってよかった。何しろ僕の学校からここまで三〇分以上かかるからね。下校の間に女の子二人から誘われたのを振《ふ》り切ってきた甲斐《かい》があったよ」

「そりゃ、ときめき度を下げてしまって申し訳なかったな。で、何の用だ？」

「実はちょっと急ぎの話があってね……少し付き合ってくれないかな？　まぁ、別に倫也君だけでも構わないから」

「いや、俺は問題ないけど、加藤の意見を聞かないと」

「意見を聞くって……今さらどうやって？」

「今さらって？　なぁ加藤……ああっ⁉」

そう、それはまさに『今さら』だった。

ほんの数秒前まで俺の隣《となり》にいたはずの加藤は、いつの間にか電光石火の早業《はやわざ》で改札をくぐり抜《ぬ》けたようで、たった今閉じた電車の扉越《とびらご》しに背中を向けていた。

そして警笛《けいてき》とともに、見る見るうちにその背中も視界から遠ざかっていく。

「いや〜、ずいぶんと嫌われてるねぇ倫也君。あっはっは」

「そんな爽《さわ》やかな笑顔で他人事扱《ひとごとあつか》いできるお前がすげえよ」

というか、こっちの仲の悪さは英梨々どころの騒《さわ》ぎじゃねえな……

※　※　※

「出海ちゃんの様子？」

「ああ、君の家でのゲーム合宿の時だ」

加藤から一本遅《おく》れの電車に乗り、空《あ》いていた席に並んで座ったところで、伊織はさっきまでのチャラチャラした態度を改め、居住まいを正し真剣《しんけん》な表情で語りかけてきた。

……最初からこういう態度だったら加藤だってもうちょっと拒否《きょひ》感が和《やわ》らぐと思うんだけど、それはまぁ言わないでおこう。

「あのな伊織、あらかじめ言っておくが、確かに出海ちゃんは泊《と》まってったけど、俺たちの間には何もなかったぞ？」

「そんなことは言われなくても誰《だれ》でもわかってる。僕が聞きたいのはゲームプレイ中の出海のことさ」

「お、ぉぅ……」

まぁ、いくら真剣な態度だからといって、人をナチュラルにヘタレ認定してもいいのかという疑問は残るけど、それもまぁ言わないでおこう。

「倫也君の知る限りで最強の萌え〝だけ〟ゲーをプレイさせたんだろう？　出海はどう反応していた？」

「そうだな、出海ちゃんはどうやら子犬系後輩《こうはい》ヒロインの菜々美《ななみ》ちゃん萌えで、逆にベッタリ系幼なじみメインヒロインの千夏《ちなつ》や、サバサバ系イトコヒロインの静流《しずる》は気に入らない様子だった。このことから分析《ぶんせき》するに……」

「いや別にヒロインの好みとかヒットした属性とかの分析はいらないから」

「え〜」

あと、いくら真剣な態度だからって、このギャルゲーマイスター安芸倫也の冷静かつ深く鋭《するど》い分析を切り捨ててもいいのかという……

「ゲームそのものや、絵について、何かインスピレーションを受けた様子とかはなかったかい？」

「そりゃまぁ、『菜々美ちゃん可愛い』と五八回唱えるくらいには、ヒロインの造形やグラフィックに感銘《かんめい》を受けていた様子だったぞ。ストーリーはともかく」

「何か考え込んだり、思い悩《なや》むような様子は？」

「いや、いつも通り元気だったし、すごく楽しそうにプレイしてたけど？」

「そうか、それなのに……」

俺の、特にネガティブな要素なんかないはずの報告を聞いていくにつれ、伊織はなぜか押《お》し黙《だま》り、顔を曇《くも》らせていった。

そして、額に指を当ててキザったらしく考え込む仕草をしばらく続けると、軽く髪をかき上げつつ、俺の方へと振り向いた。

「実はね、あのとき出海はちょっとしたスランプに陥《おちい》っていたんだよ。気づいていたかい倫也君？」

話の内容はともかく、いちいちそういうリアクションしないと話もできないのかよ鬱陶《うっとう》しい。

「まぁ確かに、最近新しいデザイン上がってこなかったなぁ」

「いいや、実はそこそこのペースで上げてたんだ。だが、僕が作業を止《と》めさせた」

「は？　なんで？」

「言ったろう？　スランプだったからさ」

「伊織……？」

と、なんか伊織のわざとらしいまでの深刻さアピールにもかかわらず、その言葉の内容がなかなかに要領を得なくて、俺は怪訝《けげん》な表情を返すしかなかった。

「だから、君に託《たく》したつもりだった……出海に、僕たちが作ろうとしている『ギャルゲー』というのはどういうものなのかを思い出させるためにね」

「出海ちゃん、描《か》いてたのか……？」

で、要領を得ないままの俺は、多分、伊織の期待していない、明後日《あさって》の方向を向いた反応しか返すことができなかった……のかもしれない。

「日曜から、また描き始めたよ……今朝、ヒロインキャラ全員分の線画まで上げてきた」

「すげぇじゃん！　あれからたった一日だろ？　さすが出海ちゃん！」

「……今の状態で先に進まれても、どうしようもない」

「え、え？　な、なんでだよ？」

だから俺は、伊織との意思疎通《いしそつう》がどんどんずれていくのに気づきながら、軌道《きどう》修正できずにいた。

「……なぁ、倫也君」

伊織は、そんなチグハグな俺たちの空気を正すことを諦《あきら》めたのか、最後にこう一言だけ呟《つぶや》くと、あとはもう目を閉じて黙り込んでしまった。

「今から、僕の家に来ないか？」

※　※　※

「さ、遠慮《えんりょ》しないで入ってくれ、倫也君」

「いや遠慮するだろ普通《ふつう》！　というかお前も遠慮しろ伊織！」

電車を乗り継《つ》ぎ一〇分ほど歩き、俺は波島家の門をくぐった。

そして誘《さそ》われるまま二階の部屋へと引き入れられそうになった頃《ころ》、俺はようやく事の重大さに気づき、伊織の甘い誘いを、震《ふる》える声で拒絶《きょぜつ》した。

「今さら何を怖《こわ》がっているんだい？　僕と倫也君の仲じゃないか。力を抜いて、本能に身を任せて……」

「どんなに紛《まぎ》らわしい言い方で誤魔化《ごまか》そうとしたって、勝手に出海ちゃんの部屋に入るのは駄目だろ！」

だって、本人の承諾《しょうだく》なしに女の子の部屋に忍《しの》び込むなんて……なぁ？

「仕方ないじゃないか。見せたいものはこの部屋にあるんだし」

「待てばいいだろ待てば！　出海ちゃんだってもうすぐ帰ってくるんだから！」

「ところが実はね……さっき出海に『今から彼女を家に連れ込むから一時間くらい外で時間潰《つぶ》してきてくれ』ってメッセージを送ってあってね」

「お、お前、なんで……？」

「いやぁ、彼女のはずが実は彼氏だったと知ったら驚《おどろ》くだろうねぇ。あっはっはっはっは……」

「もうそっち方面のネタはいいから！　真面目《まじめ》に聞いてるんだから俺！」

「さ、今度こそ遠慮しないで入ってくれ、倫也君」

「お、お邪魔《じゃま》しま～す」

で、それから一〇分にも及《およ》ぶ押し問答の末、結局押し切られた俺は、伊織に続いて恐《おそ》る恐るその禁断の扉をくぐる。

……いや先月《八巻で》も訪れてたからそこまで背徳感がある訳じゃなかったけど。

「まぁ遠慮せずその辺に座って……って、こりゃ無理だね」

「うわ……」

そして、先月と同じように絶句する。

先月と同じように、床《ゆか》一面に紙が散らばって足の踏《ふ》み場もない部屋の様子に。

「昨夜からまた倍くらいに増えてるな……」

もちろん、それらの紙には、どれにも女の子の絵が描かれている。

ラフや線画、全身やアップも網羅《もうら》して、髪形《かみがた》、表情、タッチの違《ちが》いも様々で。

さらに今回は、どうやら叶巡璃《かのうめぐり》以外のサブヒロインのデザインも混ざっているようで、
その魔窟《まくつ》ぶりは先月の比ではなかったり……

「それで伊織、俺に見せたいものって？」

「もちろん、目の前にあるこれだけど？」

「……言うと思った」

と、この男は簡単におっしゃってくださいますが……

もう一度説明するけど、床の上には、冗談《じょうだん》でなく百枚じゃ収まらない数の膨大《ぼうだい》なデザイン画がばら撒《ま》かれてる訳で。

それこそ、この一枚一枚をかき集めるだけで、余裕《よゆう》で千円オーバーで売れる分厚い同人誌ができるくらいの圧倒《あっとう》的な物量で。

しかも、それら何もかもが規則性もなく乱雑に散らばっていて、きっとまた本人でないとその法則性を見つけることすら難しくて。

「それで、この中から何を探せって？」

「そんなのは自分で見つけてくれ」

「……言うと思った」

で、そんな宝の山から一本の毒針を探し出すかのような、気の遠くなるような作業を気軽に丸投げしてくる我がサークルの敏腕《びんわん》プロデューサーに殺意が湧《わ》くのは、まぁいつものことだから置いておくとして。

「君ならわかるはずだ……どうして僕がこのデザインを提出させなかったのか。こんなにノっているはずの出海がなぜスランプだと言えるのか」

「伊織……お前、まさか」

「まぁ、そんな訳で頑張《がんば》ってくれたまえ倫也君。あ、一時間したら出海が帰ってくるから急いでくれよ？」

「……てめぇ」

　そう、こいつ、また俺を試してやがる。

　つまり、ここで俺が何も見つけられない……伊織の感性に沿わないようなら、この先一緒《いっしょ》にやっていけないって言いたいわけだ、この敏腕プロデューサー野郎《やろう》は。

　つい先月、やっとのことでこいつのテストをくぐり抜けたばかりだってのに、本当、口しか取り柄《え》がないくせに要求だけは高い奴《やつ》だ。

「……とりあえず、伊織は外に出てろ。考え事してる最中に話しかけられたら鬱陶しい」

「それじゃ、ごゆっくり」

　俺の、静かに怒《いか》りを含《ふく》んだ声にもまったくビビることもなく、伊織は飄々《ひょうひょう》と扉を閉めて階段を降りていった。

「さて、と……」

　こうして、出海ちゃんの部屋にただ一人残された俺は、一つ深呼吸をすると、両手で頬《ほお》を叩《たた》いて気合を入れ……

「よし、やるかっ！」

「あ、ちなみに下着類はベッドの横にあるクローゼットだけど、一通り使ったらバレないように元通りにしておいてくれよ？　僕が疑われるのは心外だからね」

「やらないから思春期の中学生じゃないから！」

ていうか、階段降りる足音はカモフラージュだったのかよ……

「さて、と」

と、思わぬ茶々が入ったが、もう二、三度深呼吸をして、ふたたび床に散らばった大量のデザインを見てため息《いき》をつく。

それには、その質と量を両立させた出海ちゃんの仕事の成果に対しての感嘆《かんたん》と、それらをこれから分類整頓《せいとん》して傾向《けいこう》を考察しなければならない俺の仕事の途方《とほう》もなさについての悲嘆《ひたん》という二つの意味があったけれど。

まぁ、今はとにかく、出海ちゃんの成果を全身で感じ取る。

「……相変わらず凄《すげ》ぇなぁ」

とはいえ、出海ちゃん信者の俺が口に出せる感想なんか、だいたいこんなもんだ。

相変わらず彼女のラフには、凄《すさ》まじいまでの執念《しゅうねん》を感じる。

最初に触《ふ》れたリトラプの同人誌に叩きのめされて以来、彼女の絵を見てそう感じなかったことはない。

再会してから一年弱。その短いようで微妙《びみょう》に長い間、彼女は絵師としての歩みを止めないどころか、どんどんその成長を加速させているようにも思える。

そんな出海ちゃんが、今さらスランプだなんて、想像できるはずもなく……


「……あれ？」

と、俺が途方に暮れてから数十分後。

とにかくまずは整理ということで、その百枚超に及ぶデザイン画を、キャラごとに分類し、それをさらに完成度から時系列に並べ替《か》え、床一面にびっしり敷《し》き詰《つ》めて。

そして、部屋の隅《すみ》に立ち、その全体像を眺《なが》めていくにつれ……

「出海ちゃん……？」

俺の頭の中で、何かが収束していく。

部屋の左側から右側、時系列に沿って、彼女のデザインの変遷《へんせん》を辿《たど》る。

その試行錯誤《しこうさくご》の順番を、あるがまま目に焼きつけていく。

「あ、あ、ああああっ⁉」

そして、目よりも先に、脳が反応した……

「これ、か……」

伊織が、出海ちゃんを家から遠ざけた理由が、これでわかった。

俺が気づくって、信じていたからだ。

俺が、出海ちゃんのこの絵を、絶対に否定するって、信じていたからだ。

だから伊織は、俺の反応を見てショックを受けるはずの出海ちゃんを、見たくなかったんだ……

「え、英梨々……」

枚数を重ねるにつれ、完成度を上げるにつれ、どんどん似ていってしまう。

そこにあったのは、英梨々の……柏木《かしわぎ》エリの、あのキービジュアルだ。

ラフが進むにつれ、クリーンアップされるにつれ、微修正《びしゅうせい》が加わるにつれ……

そりゃもう、『わざとだろこれ』というレベルで、英梨々の今の絵柄《えがら》に近づいていく。

途中《とちゅう》から、素人《しろうと》の俺にもハッキリわかってくるレベルで。

気づいてないのか……？

本当に、これで気づかないのかよ、出海ちゃん……？


「やっぱり気づくよね、倫也君なら」

「……伊織」

結局、まだ扉の外に控《ひか》えていたらしい伊織が、扉越《とびらご》しに声をかけてくる。

けれど俺は、そのネタ的なリアクションに的確なツッコミを返すこともできず、ただ呆《ぼう》然《ぜん》と奴の言葉を受け入れる。

「このまま進めば、めでたくここに〝柏木エリ系〟イラストレーターの誕生だ」

そう、これは波島出海という個性じゃない。柏木エリのライバルでもない。

このまま進めば、波島出海という名は、〝系譜《けいふ》〟の一つになってしまう。

「実はね、プロデューサーの僕としては、この方向性は全然ＯＫなんだ」

「それは……」

「だってそうだろう？　柏木エリは今、間違《まちが》いなく〝来てる〟。彼女のフォロワーは、これから相当に需要《じゅよう》が増えてくるだろう。この方向性は間違いなく売れる」

伊織の言葉は、まったくもって正論だった。

確かに、この絵にOKを出せば、出海ちゃんは輝《かがや》くことができる。

「それに『blessing software』は柏木エリの絵から始まったサークルだ……その次の原画家《出海》が彼女をフォローするのはサークルの方向性として正しい。既存《きそん》のユーザーを獲得《かくとく》する手段としてもこれ以上の手はない」

そして、『blessing software』も、彼女の力によって輝きを取り戻《もど》すことができるだろう。

「……けれど、それを『blessing software』が望むかといえば、それはまた別の話だ。そうだろう倫也君？」

「……っ」

……波島出海という存在が、柏木エリという名によって失われていくのを、出海ちゃんが、伊織が、そして俺が耐《た》え切れるなら、だけど。

第五章　次回はたくさん出しますから……

「つまり倫也《ともや》君、ウチのサークルが今抱《かか》えている問題は、全部澤村《さわむら》さんが原因だってことかい？」

「いや、まぁ……結果としてな」

出海《いずみ》ちゃんの部屋を訪れてから二日経《た》った水曜日の午後四時過ぎ。

家の最寄りの駅から二つ乗り越《こ》した、とある駅前のコーヒーショップ。

お互《たが》い、少しずつ自分の帰宅路から遠回りしあって落ち合った俺と伊織《いおり》は、辛気《しんき》臭《くさ》い顔を突《つ》き合わせて、現在のサークルの問題点について語り合っていた。

「出海は柏木《かしわぎ》エリの絵に引きずられ自分の個性を見失い、加藤《かとう》さんは澤村英梨々《えりり》と未《いま》だに仲直りできず、その苛立《いらだ》ちを僕に向けているせいでサークル内がギスギスしている、と」

「いやその最後の部分だけは完全にお前の自業自得《じごう》だから。さり気なく責任逃《せきにんのが》れすんな」

たった三日のうちに二度も同じ男と二人きりで話し込むなんて、俺にあるまじき行動《ラノベ構成》だが仕方ない。

つまり今、それほど『blessing software』の状況《じょうきょう》は危機的だということだ。

ま～このサークル、今まで順風満帆《じゅんぷうまんぱん》だった時期なんてほとんどなかったから今さらといえば今さらだけどな。

「それでどうするんだい？　このままじゃ、出海がいつ作業に戻《もど》れるか、まったく予測がつかないよ」

「わかってる……」

そう、伊織の言っていることは最近ずっと、まったくの正論ばかりだ。

出海ちゃんの目を覚まさせる……柏木エリの呪縛《じゅばく》から解き放つのにどのくらいの時間がかかるか、というかそもそもそれができるのかすら想像もつかない。

なにしろ伊織は、二週間前くらいから出海ちゃんに、彼女が柏木エリの影響《えいきょう》を受けていると指摘《してき》し続けてきたらしかった。

そして、伊織がそれを口にするたびに出海ちゃんは『そんなことないって、も～心配性《しょう》だなぁお兄ちゃんは』と朗《ほが》らかに否定しつつも、『でも、そんなに気になるなら少し意識してみるよ』と素直に対応を約束したという。

「出海には、〝今の〟柏木エリの絵は、まだ早い」

「今の英梨々の絵って、もうギャルゲーじゃないもんな……」

そう、英梨々の描《か》いた『フィールズクロニクルⅩⅢ』のキービジュアルは、それはもう凄まじかった。

今さらその絵柄《えがら》についてのうんちくを語るのはネットに任せておくとして、端的《たんてき》に言ってしまえば、綺麗《きれい》に、格好良く、凄《すご》くなっていった。

……俺たちの求める『萌《も》えギャルゲー』の方向性には、合わなくなっていた。

「だから、倫也君お薦《すす》めの絵だけゲーをプレイすれば、自分に求められているものを思い出すって考えたんだけど、結局駄目《だめ》だった。ただの息抜《いきぬ》きにしかならなかった」

「言いたいことはわかるけどあのゲームマジ面白いんだよ馬鹿《ばか》にすんなよ……」

「君も含めてな」

つまり出海ちゃんは、わかってるのに直せない。

理解しているつもりで全然理解できていないのが、今の彼女の問題なんだ。

「そして、もし出海の絵柄が戻っても、サークル副代表《加藤さん》があんな調子じゃね」

「ああ、長い目で見れば、今後のサークル全体のモチベーションにかかわる」

「特にサークル代表のね」

「う……」

「つまり、既《すで》に彼女の行動や態度は、このサークルの存亡にかかわっている……」

そう、今や加藤恵《めぐみ》という存在は、ただのなんちゃってメインヒロインなんかじゃない。

ゲーム制作周りにおいては縁《えん》の下の力持ちとして各メンバーをサポートし、ゲーム内設定においては完全無欠のメインヒロイン叶巡璃《かのうめぐり》としてその魅力《みりょく》を振《ふ》りまく（予定）、『blessing software』において重《おも》……不可欠の存在になっているんだ。

「だというのに、たかがクリエイターが引き抜《ぬ》きにあったくらいでいつまでも引きずって雰囲気《ふんいき》を悪くするなんて、やっぱり倫也君、君の彼女は重……」

「その形容詞を二度と加藤と結びつけるな潰《つぶ》されるぞお前!?」

せっかく言い方変えたのに台無しじゃないかこの馬鹿。

「あのな伊織、加藤と英梨々は親友だったんだ……そう簡単に割り切れるモノじゃないんだよ」

「そうかな？　僕なんか今でも前の サークル《rouge en rouge》のメンバーとマメに連絡《れんらく》取り合ってるよ？」

「へぇ？　ドライなお前にしちゃ……」

「ほら、お互いいつまた利用価値が出るかわからないからね。また甘い汁《しる》を吸おうと思った時に連絡が取れないようじゃ……」

「だからそういうのが問題なんでしょがドライすぎるでしょうが！」

うん、何があってもわかりあえないだろうなこいつと加藤は。

「いいか伊織？　加藤はな、お前とは違《ちが》う……『親友とはK・B○○KSで高く売れる同人誌をくれる人のこと』みたいな価値観で相手を見ていたりしないんだよ！」

「でも柏木エリの同人誌は明らかに中古屋で高く売れるよ？　しかも『フィールズクロニクル』の原画をやると告知された今となっては……」

「オーケー一度同人誌の転売価格から離《はな》れよう！　加藤の中では、友情とは見返りを求めないものなんだよ」

「見返りを求めないなら裏切りを怒《おこ》る筋合いもないんじゃないかな？」

「オーケー揚《あ》げ足取りはやめよう是非《ぜひ》やめよう！　というかお前もう加藤の話はするな」

いや、本当、何があってもわかりあえないだろうな……

「まぁ、確かに起こってしまったことの原因を探っていても仕方ないな。一応僕も『blessing software』のプロデューサーな訳だし、サークルのために何をするべきかを前向きに考えないと」

「それもそうだな……で、何かいいアイデアでもあるのか、伊織？」

「あるとも……たった一手で出海と加藤さんの二人とも同時に救うという、サークルにとって超《ちょう》前向きな最強の切り札が」

「そ、それって⁉」

「そりゃもちろん、二人の共通の障害物である柏木エリを潰すことに決まってるじゃないか倫也君」

「ちょっとちょっとちょっとぉ⁉」

「まずは水面下で巧妙《こうみょう》にアンチの集団を装って本人の心を折っていくところから仕掛《しか》けるかな……うん、それでいこう。これで『blessing software』は前に進めるよ？」

「人を突き落とすことで相対的に前に進もうとすんのやめようよ⁉」

えっと、そもそも加藤との相性《あいしょう》とか以前に、こいつをサークルに入れたのは間違いだったんじゃ……

※　※　※

「あちゃ……」

伊織と別れ、電車で二駅戻り、自宅の最寄り駅で降りたところで、さっきまでギリギリもっていた空が、とうとう決壊《けっかい》し始めた。

改札をくぐり、すでに雨宿りしている多くの人たちに紛《まぎ》れて空を見上げると、夕立の激しい雨粒《あまつぶ》がしぶきとなって顔に降りかかる。

「さて、どうしよう」

家までは、歩いて十数分。

濡《ぬ》れるの覚悟《かくご》で走るか、止《や》むまで待つか、コンビニで傘《かさ》を調達するか……

いや最後のは貧乏《びんぼう》高校生的には存在しない選択肢《せんたくし》だから、とりあえず俺はスマホから雨雲レーダーのアプリを開き……

「やっと帰ってきた……っ」

「え？」

そして、突然《とつぜん》耳元に響《ひび》く、地獄《じごく》の釜《かま》が開いたような怨嗟《えんさ》の声を聞いた。

「待ってたのに……坂の上で、そよ風に吹《ふ》かれながら、運命の再会をずっと待ってたのにっっっ！」

「え？　え？　え？」

目の前に、黒いすだれ……いや長い濡れ髪《がみ》で顔を覆《おお》った貞《さだ》……いや謎《なぞ》の女性が立っている。

「人を呼び出しておきながら、雨の中に放り出すとかいい度胸してるじゃないの倫理《りんり》ぃぃいい〜〜〜っ！」

「いやちょっと待って俺約束してないよね詩羽《うたは》先輩《せんぱい》!?」

まぁ、このシルエットとこの雰囲気とこの理不尽《りふじん》な言動だけで、すぐに謎はすべて解けたけど……

頭のてっぺんから黒ストのつま先まで全身ずぶ濡れの、水も滴《したた》る黒髪ロング美女。

豊ヶ《とよが》崎《さき》学園在学中は、三年間一度も成績トップの座を譲《ゆず》らなかった、元学園一の秀才《しゅうさい》。

しかしてその実体は、デビュー作『恋《こい》するメトロノーム』がシリーズ累計《るいけい》五〇万部突破《とっぱ》、次作『純情ヘクトパスカル』もその記録を更新《こうしん》しそうな勢いの人気ラノベ作家、霞詩子《かすみうたこ》。

しかして真の正体は、早応《そうおう》大学文学部一年生、霞ヶ丘《かすみがおか》詩羽。

「雨に濡れて寒いわ冷たいわ気持ち悪いわお腹空《す》くわ、いくら待っても倫理君が現れなくて悔《くや》しいわ悲しいわ滑稽《こっけい》だわ惨《みじ》めだわ、ああもう死んでしまいたい〜！」

「いやいやいばどばばだどじどぅどばおれどぼうだがら《ぃゃぃや今のままだと死ぬのは俺の方だから》〜」

社会的には紛《まご》うことなき、人もうらやむ才色兼備《さいしょくけんび》の勝ち組であるはずなのに、こうして衆人環視《しゅうじんかんし》の中で男の首を締《し》めつつ痴話喧嘩《ちわげんか》のようなものを始めてしまうくらいには、色々と駄目な方向にこじらせてしまったヤンデレ美女。

「加藤さんが待ってるときは都合よく通りかかるくせに、私が待ってるときはどうして全然帰ってこないのよ～！」

「ぁ、らめ、いひは……」《あ　だめ　いき　が》


ちなみに誰《だれ》のせいでこじらせてしまったかは……俺は全然心当たりがないことになっているので回答を差し控《ひか》えさせていただきます。

※　※　※

「ほら、詩羽先輩これ……あったまりますよ」

「こ、これは……っ」

結局、駅前のコンビニで傘を一本だけ買って、詩羽先輩をその傘に誘《さそ》って一緒《いっしょ》に俺の家に戻《もど》り。

浴室に案内してバスタオルと俺のスウェットを貸し、シャワーを浴びるよう勧《すす》め。

そして、彼女がシャワーを浴びている間に濡れた服を乾燥機《かんそうき》に放り込み、ついでに台所で軽食を用意して。

と、まぁ、ここまで色々とフォローを重ねたおかげで、今では詩羽先輩はだいぶ機嫌《きげん》を直しているようで、俺の差し出したお椀《わん》に素直に口をつけてくれた。

うん、相変わらずめんどくさいけど結構ちょろいのがまぁ。

「どうです？　口に合いますか？」

「ああ、熱いわ……倫理君の〇〇汁《しる》」

「すいません『お味噌《みそ》』という何でもない単語をいちいち聞こえるか聞こえないかくらいの小声で囁《ささや》かないでください」

「うん、美味《おい》しいわ……料理もできるとか、倫理君、もういつヒモになっても大丈夫《だいじょうぶ》ね」

「インスタントですから。お湯注いだだけですからそれ」

「ああ、こんな美味しいお味噌汁、毎日飲めたら幸せよね……」

「買い置きのお徳用パックお土産《みやげ》に包みますから毎日どうぞ」

それはそうと、大学生になっても相変わらずの暗黒下ネタ発言は健在、というかどんどん酷《ひど》くなっている気がするんですが気のせいじゃないですよね。

「そういえば、服まで借りてしまって悪かったわね。今度新しいの買って返すから」

「いや、別にそんな気を使わなくても洗濯《せんたく》して返してくれれば……」

「絶対買って返すから。これはもう誰にも渡《わた》さな……たまにはお姉さんの厚意を受け取りなさい」

「そ、そこまで言うなら……ども」

それはそうと、人が貸した服にいちいち顔をこすりつけたり、くんくん匂《にお》いを嗅《か》いだりされると凄《すご》く気になるんですが気のせいじゃないですよね。

「それで、どういうことです？　俺のこと待ってたって？」

「ひぐわ、ふぁるひほにはもまれれれ……」

「……いやいいです、食べ終わってからで」

そしてやっとのことで俺が本題に入ろうとしたとき、詩羽先輩は、今度は（俺が握《にぎ》ったボロボロの）おにぎりを口いっぱいに頰張《ほおば》り喉《のど》に詰《つ》まらせ、汁物を先に飲み干してしまったことに気づき悶絶《もんぜつ》している最中だった。

「けほっ、こほっ……ああ、こんなに美味しいおにぎり、毎日食べられたら……」

「いやもうそれはいいですから」

ペットボトルのお茶を萌《も》えマグカップに注いで差し出すと、詩羽先輩はそれを一気に喉の奥に流し込み、ようやく人心地《ひとごこち》ついた面持《おもも》ちを取り戻し……というか喉に詰まらせていた間ですら幸せそうに呆《ほう》けていたように見えたのがちょっと怖《こわ》いです。

「実は、ある人に頼《たの》まれてね……」

「ある人って誰？　頼まれたって何を？」

「倫理君が女性関係にかまけてシナリオ進んでないから何とかして欲しいってね」

「……『女性同士の人間関係』に少し問題があって、『ゲーム制作全体』が進んでないんです」

詩羽先輩は、俺の質問に素直に答えたようでいて、実は少しだけ意地悪をしていた。

……一つ目の質問《ある人って誰？》に答えてないの、絶対わざとだ。

まぁ、とはいえ今のやり取りだけでほぼ推測できたけど。

だって、『人間関係に問題がある』と告げ口……いや相談できるのは、まず間違《まちが》いなくその渦中《かちゅう》に巻き込まれていない人間となり、ここで加藤と出海ちゃん（と英梨々）が除外される。

となると残るサークル関係者は二人だが、うち一人《伊織》は、たった今まで俺と結論の出ない議論をだらだら続け、詩羽先輩の怒《いか》りを買っていた。

つまり、残るは……

『けれど、あんたを助けてあげられそうな人なら知ってる』《93ページ15行目を参照ください》

……えっと、いや、俺にとっては、美智留《そいつ》と詩羽先輩の接点もあんまり心当たりないんだけど。

でも、どう考えてもそう結論付けるしかないんだよなぁ。

あいつ、いつの間に……？

「という訳でアドバイスしに来たのよ……倫理君、そんなことで悩《なや》んでる暇《ひま》があったらシナリオを書きなさい」

「え、いやちょっと待ってよ詩羽先輩？　だからさっきも言った通り、これはシナリオだけの問題じゃないんだってば！」

……と、俺がやっと一つ目の答えに辿《たど》り着《つ》きかけたとき、詩羽先輩のアドバイスは、とうに先に進んでいた。

それも、俺が想定していたのとは見事に逆にして、俺が恐《おそ》れていた方向に。

「シナリオ〝だけ〟の問題じゃない、ということは、問題の中にシナリオが含《ふく》まれているのは本当のことなんでしょう？」

「え……？」

「ならやっぱり、倫理君がやるのはシナリオを書くことであるべきよ……女の友情トラブルなんていう、解決できるスキルも経験も度胸もない問題にかまけてないで、あなたは本業に専念なさい」

まぁ、『いや俺の本業《学生》って本来は勉強ですけど』なんて今さらな正論はお互《たが》い不幸になるだけだから口にするのは差し控えさせていただくとして……

というか今から思い返すと、詩羽先輩ってどうやって勉強と執筆《しっぴつ》を両立させていたのか不思議でしょうがないな。

もしかしたら、それこそが霞ヶ丘詩羽の最大の謎《この作品の最大のご都合主義》なんじゃないだろうか。

「けど詩羽先輩、本当は、ゴールデンウィークの時に気づいてたよね？　いつかこうなるんじゃないかって」

「……そうよ、だから責任を感じて、こうしてやってきたんじゃない。倫理君に『今さら敵であるあんたの施《ほどこ》しなんか受けてたまるか！』と罵《ののし》られ、押《お》し倒《たお》され、激しくいたぶられるのを覚悟の上で」

「いやだからね？　いくら作家だと言っても詩羽先輩はラブコメ系なんだから、そういうレディコミ系の描写《びょうしゃ》はね？」

「ううん、いいの、覚悟はできてる。でもいいわ、作家にとってアブノーマルな実体験は宝物……たとえ倫理君が獣《けもの》に豹変《ひょうへん》して襲《おそ》い掛《か》かってきたとしても、その時のあなたの表情や息づかいや匂いを五感に焼きつけて次回作の主人公に転換《てんかん》……はぁ、はぁぁっ」

「いやそんな悲壮《ひそう》な覚悟《かくご》しなくていいから平和に話し合おうよ詩羽先輩!?」


『今の澤村さんは、もう、あなたの知っている澤村さんじゃない』

『何があっても、彼女の敵にならないで。せめてライバルでいてあげて』

『今の彼女を、受け入れてあげて欲しいの』

『あなたも、波島《はしま》さんも……そして、加藤さんも』


……え〜と、ちょっとばかり回想を入れるタイミングがずれて台無しになった感があるけれど。

とにかく詩羽先輩は、ゴールデンウィークの時……あの、英梨々のキービジュアルが公開になる直前に、すでに俺にこんな謎《なぞ》かけをしていた。

「澤村さんの成長は、もう止まらない……」

「うん、まぁ……だろうね」

英梨々の今の能力が、出海ちゃんの鼻をへし折り、加藤を悲しませることになるって、正確に予測していたんだ。

「それはもう、彼女の想いや、願いとは関係のない領域に突入《とつにゅう》している」

けれど……

「それは、俺の、望むところだよ」

「倫理君……？」

今の俺は、その原因を取り除くことは、絶対にしたくない。

「今の英梨々は、二度目の成長期なんだ……」

「肉体方面に関してはとてもそうは見えないけれど……」

「……今の柏木エリは、イラストレーターとして二度目の成長期なんだ」

ここでツッコミを挟《はさ》むとまた台無しになるので表現を微訂正《びていせい》して詩羽先輩の茶々を流しつつ、俺は真剣《しんけん》なままで詩羽先輩に対峙《たいじ》する。

「だから、あいつは絶対このチャンスをモノにする。プロとして、最短距離《きょり》を駆《か》け上がっていく……詩羽先輩と一緒にね」

だって、そうでもしないと、俺が──してることが、バレてしまうから。

「あなたや、『blessing software』を置いてきぼりにして？」

「っ……それでも、構わない」

「やせ我慢《がまん》しちゃって……」

「してないもん……っ」

……結局バレちゃったけど。


でも決めたんだ。

やせ我慢だろうがなんだろうが、もうあいつを無理やり見下したりしないって。

嫉妬《しっと》のあまり過小評価しないって。

世間に評価された通りの、天才イラストレーターだと認めるって。

崇拝《すうはい》、するって……


「彼女のこれからの成長が、今以上に、加藤さんや、波島さんを傷つけることになっても？」

「だから、俺が支えたいって思ってる。加藤も、出海ちゃんも」

そう、俺は、サークルの精神的支柱になる。

サークルに残ったままでは望めない、英梨々の成長を望んでしまった、自分のエゴに対する罪滅《つみほろ》ぼしの意味も込めて。

「ハーレム王にでもなるつもり？」

「それを後押しするために来てくれたんだよね？　詩羽先輩は」

もちろん『ハーレム王』ってのは、『精神的支柱』って意味だからな？

あともちろん、『柱』だけを強調したら駄目《だめ》だからな？

「三人の女の子を救うために、一人の女神を生贄《いけにえ》にするっていうのね倫理君……」

「人聞きの悪いこと言うのやめてください。あとさり気なく自分を女神扱《あつか》いしてますよね？」

「さあ、どうかしら？」

詩羽先輩の指先が、またからかうように俺の頬《ほお》を撫《な》でる。

けれどそれは、さっきまでの下ネタ満載《まんさい》のおふざけとは違《ちが》って、エロさよりも優しさを多めに感じられて。

だからやっぱり、俺は、このひとにはいつも甘えてしまう。

結局、神様扱いしてしまう。

多分、これからも、ずっと。

「なら、倫理君……いいえ、倫也君」

だから、今からの言葉は神様のお告げだ。

俺が全身全霊《ぜんれい》をもって成し遂《と》げなければならない、天啓《てんけい》だ。

「あなたは、シナリオを、書きなさい」

第六章　後付は矛盾のもと

『倫也《ともや》？　どうしたのこんな時間に？』

「英梨々《えりり》こそ……いや起きてるよなお前なら」

そして、金曜の……いや、もう土曜になった深夜〇時過ぎ。

俺からのスカイプ発信にワンコールで反応した英梨々は、特に眠《ねむ》そうな様子もなく、ほんのちょっとだけ弾《はず》んだ……かもしれないくらいの声音《こわね》で俺に応《こた》えた。

とはいえ、その表情がその声に合っているかどうかは、今の通話状況《じょうきょう》では判明することもなかったり。

『今日は通話だけ？』

そう、今日は『諸事情によって』、カメラをオフにしての通話だったから。

「ちょっとな……なんかｗｅｂカメラの調子がおかしくて」

『とか言いつつ、あんたはバスローブ姿で、後ろのベッドに恵《めぐみ》が全裸《ぜんら》で寝《ね》そべってて、煙草《たばこ》をふかしながらクスクス笑ってたりとかしないわよね？』

「あったら凄《すげ》ぇなおい！　俺も加藤《かとう》も真っ黒だよ！」

『ま、あんたにそんな度胸もあるはずないか』

「それは度胸で片づけられる問題じゃないだろ……」

とはいえ、確かに『webカメラが故障』なんてのが真っ赤な嘘《うそ》だっていう後ろ暗いところはあって。

そして、もしかしたらそれは、結果的に、そんな嘘なんかよりも酷《ひど》い裏切りになる可能性だって……いや、まぁそれは今は置いておこう。

「で、今は作業中か？」

『そう！　聞いてよ倫也！　霞ケ丘詩羽《かすみがおかうたは》ったら、マルズったら、紅坂朱音《こうさかあかね》ったら〜っ！』

「待て、悪いが今日はその手の話は聞けない」

先々週くらいだっただろうか、ついうっかり『話してみろよ』なんてカッコつけてしまったせいで、翌日の授業がまるまる居眠《いねむ》りで潰《つぶ》れてしまったことがあった。お互《たが》い。

しかもこいつ、その『朝まで生通話』の間中、くどくど愚痴《ぐち》りながらも自分の方はちゃっかり作業進めてたんだぜ？

『じゃあ……恵との約束の話？』

「あ〜、それに関しても鋭意《えいい》調整中なので、まぁいつか訪れる朗報を気長に待っていただければ幸いというか世の中そんなに甘くないというか……」

『もう……じゃあ、あんた何のために話しかけてきたのよ？』

そして、この件については、英梨々はまぁそこそこ落胆《らくたん》はしつつも、強く責めてきたり期限を切ってきたりはしなくなってきた。

つまり、こいつの方も、実はかなりめんどくさい事態になっているということがやっと理解できてきたという意味でもある。

うん、本当めんどくさいよな……誰《だれ》とは言わないけど。


「いや、大した話じゃないんだけどさ……英梨々、お前さ、小学校の入学式の時のこと、覚えてるか？」

と、まぁ、それはさておき……

そんな、色々と俺たちの間に転がる豊富な課題を次から次へと避《さ》けつつ、俺が選んだ話のネタは、それはもう素晴らしくどうでもよさそうな思い出話だった。

『なんでそんなこと今さら聞くのよ？』

「いや、さっき久しぶりに親と入学式の時のビデオ見ててさ。そしたらお前も一緒《いっしょ》に映っててな」

『……なんでそんなこと、あたしに話すのよ』

「いや、小学校の、しかも入学式なら問題ないだろ？」

『………ま〜ね〜』

スピーカーから、びっみょ〜なため息の後に、これまたびっみょ〜な肯定《こうてい》の返事が、凄《すご》く嫌《いや》そうな声音で届く。

まぁ英梨々が、小中学生の頃《ころ》の話を、しかも特に俺にはしたがらないのは、様々な過去の経緯《けいい》からしても当たり前というか……

いや、こっちだって、いつ特大の地雷《じらい》を踏《ふ》み抜《ぬ》くかわからないから、本当ならできる限り避けたい話題であるのは確かなんだけど。

「小学校の校門のところでさ、二人して並んで映ってたんだけどさ……お前、覚えてるか？」

『え〜、どうだったかな〜』

「確か、俺たちって入学式が初対面だよな？」

『うん、それは間違《まちが》いない。あたし小学校入るまで、車以外で外出したことないもん』

「お、おう……さすがお嬢様《じょうさま》」

『違うわよ、本当に病弱だったのよ。四歳くらいの時に酷い水ぼうそうにかかって、発疹《はっしん》の跡《あと》が消えるまで、半年以上家族以外に会わなかったし』

「いや、やっぱそれってお嬢様じゃんさすがじゃん」

『うるさい』

それでも、今はこいつの〝証言〟が必要だった。

「それでさ、ウチの母さんが言ってたんだけどさ……俺たち、初対面の時に大喧嘩《おおげんか》したって覚えてるか？」

『……え～』

そう、そのために、わざわざ親としたくもないコミュニケーションを取って、聞きたくもない覚えてもいない黒歴史をほじくり返されたんだから……

「なんか、初登校の時に俺が石投げてお前がわんわん泣いたって……」

『………ちょっと待ってちょっと待ってちょっと待って！』

「で、母さんがお前の両親に頭下げまくってる隙《すき》に、あっという間に仲直りして一緒に登校していったとかなんとか……」

『思い……出したっ！』

「え、マジ？　俺全然だったんだけど……」

英梨々の前世の覚醒《かくせい》に置いていかれつつも、俺は自らの記憶《きおく》と、そして手先を必死に動かしつつ、様々な情報を記録していく。

『そうよ！　倫也酷かった！　あたしがあんたの家の前を通りかかった時、門から出てきたあんたとばったり会って……』

「お、おう、それで？」

『えっと、えっと、確か……………そうだ吸血鬼《きゅうけつき》！』

「きゅうけつ……き？」

『そうよ！　あんた確かに言った！『滅《ほろ》びよ～！』って！』

「それって…………あ！　坂の上の吸血屋敷《やしき》!?」

と、その瞬間《しゅんかん》、俺の脳裏《のうり》にも、きっと英梨々と同じ映像が、一瞬《いっしゅん》にして流れ込んでくる。

そう、その当時近所の子供たちの間で持ち切りだった、坂の上のお屋敷の伝説が……

それは、入学式の数日前。

たまたま近所の友達の家に遊びに行って、みんなで見た昼下がりのテレビ映画がきっかけだった。

その映画は、とあるヨーロッパの田舎《いなか》町が舞台《ぶたい》で。

丘の上に幽玄《ゆうげん》とそびえ立つ、古いお屋敷があって。

そのお屋敷の当主であるはずの伯爵《はくしゃく》の姿を見た者は何故《なぜ》か誰もいなくて。

その代わり、夜中、たまに窓際《まどぎわ》に姿を見せるのは、色白で金髪《きんぱつ》の女の子。

そんな不用心なお屋敷に、ある日、泥棒《どろぼう》が忍《しの》び込む。

人気《ひとけ》のない屋内を散々荒《あ》らし回った彼らは、とうとう地下室の扉《とびら》を見つけ、お宝の予感に胸をときめかせる。

期待通りその地下室には、世界各地からかき集められた財宝が所狭《ところせま》しと並べられ。

そしてその中心に、宝石をちりばめた豪奢《ごうしゃ》な棺桶《かんおけ》があった。

欲《よく》をかいた泥棒たちは、よせばいいのに、その棺桶にまで手をかけて……

……まぁ、今から考えればヴァンパイアもののお約束を適当に詰《つ》め込んだＢ級ホラー映画でしかなかったんだけど。

当時、小学生ですらなかった俺たちは、そのおどろおどろしい雰囲気《ふんいき》に飲み込まれ、毛布を頭から被《かぶ》ってガタガタ震《ふる》え。

そして、誰ともなく言い出したんだ。

『倫也んちの坂の上にあるお屋敷さ……確か、金髪の女の子が住んでたよな……？』

「あああああああああああ〜〜〜っ！」

『自分の罪を思い出したわね倫也⁉』

「そうじゃんお前あの頃めっちゃ怖《こわ》かったじゃん！」

『あたし全然悪くないじゃない全部あんたの思い込みじゃない！』

「だってお前、外に出ないし色白だし金髪だし誰がどう見ても吸血鬼だったじゃん！」

『吸血鬼ってルーマニア人じゃない！　あたしイギリスよ！』

「幼稚園児《ようちえんじ》にわかるかそんな違い！」

だって、その半イギリス人の女の子は、映画の女の子みたいに、めっちゃ華奢《きゃしゃ》で儚《はかな》げで。

そして、めっちゃ……

『でも、だったら何で、すぐに仲直りしたんだっけ……？』

「確か、英梨々のお父さんが言ったんだよ……『昼間に外を出歩いてる僕たちが吸血鬼だと思うかい？』って……」

『……たったそれだけで納得したの？　あっさりし過ぎじゃない？』

「そりゃ、何しろこっちは小学一年生の頭脳と素直さを持ってたからな」

というか、一度きっかけを掴《つか》んでしまったら、もう嫌なくらい嫌なことまで思い出してきて嫌になる。

あの時、俺と同じ年齢《ねんれい》の金髪の女の子は、俺が喧嘩《けんか》を吹《ふ》っかけたとき、思いっきり泣きそうな顔をしてて……いや、実際に泣いてて。

けれど、こっちが親に促《うなが》されて仕方なくちょろっと謝ったら、それだけですごく嬉《うれ》しそうな顔に変わって。

ああ、本当に、あの時の自分の心情が、恥《は》ずかし過ぎて嫌になる。

※　※　※

「で、その後に見せられたのは七五三の時の奴《やつ》でさ」

『うっわ〜、それも本人にとっては恥ずかしいわね〜』

「……ああ、だろうな」

そして、そろそろ深夜一時近く。

入学式のネタだけで一時間近くも話し込んでいた俺たちは、ようやくその周辺のネタにある程度の整理をつけ……いや、話し尽《つ》くし、次の話題に移った。

『で、どうだった？　五歳の時の自分は？　着物？　それとも三つ揃《ぞろ》え？　あ〜、そのビデオはあたしも見たかったなぁ』

「……英梨々よ、もしかしてお前はとんでもない勘違《かんちが》いをしてるのかもしれないな」

『？　どういうこと？』

「俺が見せられたのは、五歳の時の七五三じゃない……七歳のだ」

『……なっ⁉』

「そう、俺はほとんど映ってなくて、その代わりに晴れ着姿の……」

『あああああやめてやめてやめて～！』

そう、続いて映像とともに思い出したのは、小学一年の秋。

七歳の……いや、三月生まれの英梨々としては、六歳の時の七五三。

「いや本当、全然変わってないよな～」

『そんなことないもんっ！　あれってもう一〇年以上も前……』

「いやいや当時のまんまだったぞ、小百合《さゆり》さん」

『そっち⁉』

緑色の振袖《ふりそで》に身を包んだ金髪のお人形の隣《となり》には、同じ柄《がら》の赤い振袖を身にまとった若いお母さんが、それはもう娘《むすめ》以上にはしゃぎ通しだった。

いや、当時はそれで問題なかった。

どちらかというと問題なのは、あれから一〇年以上経《た》った今でも、その容姿が全然変わっていないことの方であり……

「やっぱお前の家系って吸血鬼なんじゃないのか？」

『えっと、ママの方は純日本人なんだけど……普通《ふつう》の人間かはともかく』

そんなこんなで、当時も今も、澤村《さわむら》家をほじくり返すと楽しい話題が満載《まんさい》だ。

英国外交官の父親の方も、その厳格かつ華々《はなばな》しい職業にもかかわらず、親馬鹿《おやばか》を丸出しにして、ビデオの中でも声だけで存在感を示しまくっていた。

その忙《せわ》しなさと止まらない饒舌《じょうぜつ》は、さすがに俺のオタク方面の師匠《ししょう》と言わざるを得なかったりなんかしたりして。

※　※　※

さらに時は過ぎ、今は一時半。

俺たちの〝小学校低学年までの〟思い出話は尽きることもなく……

『で、次はなに？　もう並大抵《なみたいてい》のことじゃ驚《おどろ》かないわよ？』

「うん、次は小学校三年の時の秋の運動会……」

『………』

いや、そうじゃない。

俺たちの間には、必ず共通の話題が尽きる、特定の時期がある。

「で、それが最後のビデオだった。もう大きくなったし、恥ずかしいから撮《と》るなって、その時親に言ったんだよ」

『そう……』

小学三年という、ひとつの歴史の転換点《てんかん》。

そのビデオには、今まで絶対にどこかに映り込んでいた、金髪の同級生がいなかった。

「英梨々さ、あの時の運動会のこと覚えてるか？」

『覚えてない』

「俺は覚えてるぞ……ていうか、お前休んでたよな」

『覚えてないって言ってるでしょ』

「あの時、俺、かけっこでコケて失格になってさ……ま、コケなくてもビリだったような気もするけど」

『休んでたんなら、あたし見てないよねそれ』

「まぁ、だから別にどうでもいいんだけどさ。けど、覚えてるんだよなぁ……絶対、隣のコースのやつ、俺の足引っかけた……まぁ名前も覚えてない奴だからいいんだけどさ」

『……倫也、もうやめようよ』

さっきまでの弾《はず》んだ英梨々はどこへやら……

その声も、口調も、態度も、何もかも弱々しく、しゅんとしおれていく。

「別に厭味《いやみ》とかじゃないぞ。単なる昔の事実だ」

『別に、今さら蒸し返さなくたっていいじゃん』

まぁ、仕掛《しか》けた側の俺がそう分析《ぶんせき》するのはかなり性格悪く見えるけど。

いや、完全に性格悪いけど。

「あのさ英梨々……俺たちって、仲直りしたよな？」

『そうだよ。もうわだかまりはないよ。だから……』

「けどそれって、お互《たが》い昔のことを許したってだけだよな。わかりあった訳じゃないよな？」

けれど、ここからが本番だ。

『……何が言いたいの？』

「わかりあいたい」

『それって……』

「英梨々があの時、何を思ってたのか、知りたいんだよ」

英梨々と、あの時の記憶《きおく》を共有する。

こいつがあの時、どういう気持ちだったのか……哀《かな》しかったのか、せいせいしたのか、悔《くや》しかったのか、どうでも良かったのか。

今まで触《ふ》れずにいた、禁断の領域へと踏《ふ》み込んでいく。

『なんで、そんなこと？』

もちろん、英梨々の抵抗《ていこう》は想定のうち。

『もういいじゃない。あたしたち、もう大丈夫《だいじょうぶ》だって言ったじゃない、倫也』

というか、何の理由もなくそんなの求められても応《こた》えられるはずもない。

「ああ、俺たちは大丈夫だよ……」

だから、俺は明快な理由を提示する。

「けど、それを知らないと、俺は加藤を説得できない」

英梨々が今、一番求めているものを、餌《えさ》にする。

「今の俺は、まだ、加藤に胸を張って『英梨々を信じろ』って言えない」

『倫也ぁ……』

弱々しくしおれた英梨々の口調に、さらに泣きの色まで混じってくる。

「だってそうだろ？　俺だってお前と仲直りできた正しい理由はわかってないんだ。なのに、どうして加藤に大丈夫だなんて言える？　英梨々は二度と裏切らないって言い切れるんだ？」

それでも俺は、今までみたいに、英梨々だからって理由で手加減したりしない。

甘やかしたり、見下したりしない。

「お前、加藤が好きなんだろ？　なら、そのくらいの代償《だいしょう》支払《しはら》えよ！」

ただ、一人の人間として。

二次オタである俺が苦手なはずの、三次元の女の子として、扱《あつか》う。

『そんなこと言うなら、倫也だって……』

「よしわかった。俺も全部正直に話す」

『え……？』

「俺があの時、どう思ってたか、全部正直に伝える。だから英梨々も全部話すんだぞ？」

だから早速《さっそく》、三次元の駆《か》け引きを使う。

詩羽先輩直伝《せんぱいじきでん》の、男として卑怯《ひきょう》で、人として鬼畜《きちく》な手段で、英梨々を追《お》い詰《つ》める。

『……もしかしてあんた、あたしをハメた？』

「ああ……『blessing software』のためなら、俺は何でもやる」

そう、何でもやる。

加藤の、出海《いずみ》ちゃんのためなら。
美智留《みちる》の、伊織《いおり》の、詩羽先輩の助けを無駄《むだ》にしないためにも。

俺は英梨々を裏切って、そして英梨々に告白する。

第七章　アニメの脚本やってて本当に良かった（使い回し的な意味で）

『もう、外明るいね』

「そうだな」

『それじゃ、そろそろ寝《ね》るね』

「ああ、おやすみ」

『……ね、倫也《ともや》』

「ん？」

『最後に、一度だけでいいから、顔、見たいな』

「……いいけど、俺、今酷《ひど》い顔してるぞ？」

『そういえば、お互《たが》いそうだね。じゃ、月曜に学校で見るからいいや』

「今日はごめんな？　色々とヤなこと聞いて」

『ううん、いいよ』

「本当に？」

『だって、昔のことだから……今のあたしたちには、何の影響《えいきょう》もないことだから、別にいいよ』

「英梨々《えりり》……」

『だよね？　倫也』

「うん」

『それじゃ』

「じゃな」

六時間……

英梨々との回線を開いてから、そんなに膨大《ぼうだい》な時間が経《た》っていた。

結局、最近の週末のお約束に違《たが》わず、今日も徹夜《てつや》で白《しら》みかけた外の景色を見上げると、梅雨《つゆ》入りしたのかそうでないのか定かではない微妙《びみょう》な曇《くも》り空が広がっている。

その空の色と明るさは、月並みではあるけれど、今の俺の心情を端的《たんてき》に表現しているようでもあり……

「ごめんな、英梨々」

あんなに爽《さわ》やかに『おやすみ』を言い合った仲なのに。

「今からすること、ごめんな？」

心の中に最後まで引っかかった小骨を、俺は無視することができないでいた。

それでも……

「四時間寝て……一〇時から始めるぞ」

俺は、前に進む。

※　※　※

そして四時間後、本当にきっかり午前一〇時。

その一五分前に目を覚まし、顔を洗い、軽い朝食を摂《と》り、コーヒーで流し込み。

いつもの自分の机に、ごく自然に座る。

「まずは、キャラ名……」

まずは二つのテキストファイルを開き、色々と書き込まれている方の一部をコピーして、空っぽの方にペースト。

そしてコピー元のファイルを閉じ、ペースト先のファイルを作業用とする。

「でも今は、こんなとこで時間取りたくないし……とりあえず仮名《かめい》にしといて、決めてから一発変換《へんかん》すればいいか」

そう俺は、まるで自分に言い聞かせるように呟《つぶや》くと、少しだけ止めた指先を、やがてゆっくりと動かし、ファイルの先頭の文字を、こう編集した。

■ヒロイン個別シナリオ：澤村《さわむら》英梨々（仮）ルート

第五・五章　とりあえずもうちょっとだけ出番増やしときますね

「……ちょっと待ってよ、何言ってんだよ詩羽《うたは》先輩《せんぱい》!?」

「あなたこそ何を言ってるの倫理《りんり》君?」

遡《さかのぼ》って、三日前の水曜日の夜《第五章ラストの続き》。

俺の神様《詩羽先輩》から告げられた天啓《てんけい》は、いくら彼女を崇拝《すうはい》している俺だとしても、そう簡単に『お任せください神様』などと笑顔で頷《うなず》ける内容じゃなかった。

彼女が俺に与《あた》えたのは、加藤《かとう》と英梨々《えりり》を仲直りさせる方法。

出海《いずみ》ちゃんを、英梨々の呪縛《じゅばく》から解放する方法。

その二つを、英梨々のクリエイターとしての成長を止めることなく行う、たった一つの冴《さ》えたやりかた。

「だってそうでしょう?　そんな美味《おい》しいネタがあるのに、どうして作品に活《い》かそうとしないの?」

「ネタ……って」

それは、シナリオを書くこと。

俺のゲームのヒロインに、英梨々〝本人〟を当てはめること。

加藤に続いて二人目の『実在する人間を当てはめたゲームのヒロイン』に仕立て上げること……

「当たり前のことじゃない。RPGなら戦闘《せんとう》で解決、遊○王ならカードで解決、A○Bならじゃんけんで解決……だったら私たちクリエイターは、作品で解決するしかない」

「英梨々とのこと、シナリオのネタにしろってのか？」

その詩羽先輩の喩《たと》えは、様々な方向に詭弁《きべん》だったような気がしないでもなかったけれど、今はそんな神々の気まぐれに翻弄《ほんろう》されている場合じゃない。

「加藤さんではやってるじゃない、あなた」

「だ、だって、加藤はそもそも俺のゲームのコンセプトそのものだし……それに、仕草とか台詞《せりふ》とかイベントとか、そういう単体のキャラクター性を拾《ひろ》ってるだけで」

「澤村《さわむら》さんをゲームに組み入れるのは、それとは違う？」

「だって、英梨々をネタにすると、それはストーリーそのものになるよ……」

そう、そんなのは、詩羽先輩が知らないはずがなかった。

一年以上も、俺と英梨々の割り切れない確執《かくしつ》をずっと見てきて、それでも最終的に英梨々の味方になってくれて、今でも、俺の代わりにあいつを守ってくれている。

そんな詩羽先輩は、俺だけじゃなく、英梨々にとっても神様みたいな存在で……まぁ、あいつ本人がどう思っているかはともかく。

なのに、そんな二人の神様は……

「だから、あなたたち二人のエピソードは、物語として面白いんじゃない」

「な……」

あっさりと、下々《しもじも》の者たちを蹂躙《じゅうりん》する。

「澤村さんがどんな人間なのか、仲直りしてもいい人間なのか、仲直りしなくちゃならない人間なのか、そして、あなたが澤村さんをどう思っているのか……それを、物語にして加藤さんに届けなさい」

「加藤、に？」

「そうすれば、加藤さんは澤村さんの本質に触《ふ》れることができる……彼女を、許す気になる、かもしれない」

「なんで、わざわざシナリオにするんだよ……どうして、直接話すことを選ばないんだよ？」

「できるのあなた？　加藤さんに直接、そんな深くて、難解で、ときには醜《みにく》い気持ちを、正確に、恥《は》ずかしがらずに、何の躊躇《ちゅうちょ》もなく伝えられるの？……私にも、できないのに」

「っ……」

それも、いちいち俺の『人に気持ちを伝えられないオタク』という本質を見抜《みぬ》いて。

「それにね倫理君、面白い物語は人の心を動かすわ……それも、無意識ごと」

「無意識……って」

そして詩羽先輩は、もう一つの問題についても、同じアプローチで切り込んでくる。

そう、無意識を抱《かか》え込んでいるのは、加藤の方じゃなくて……

「だから波島《はしま》さんを、あなたの物語の世界に引きずり込みなさい。そして、その物語に相応《ふさわ》しい絵を描《か》かせなさい」

本当に、何もかも『物語で勝負だ』にしてしまおうとする。

「彼女が人の影響なんか受ける暇《ひま》も与えないくらい、あなたの物語が、彼女に影響を与えればいいだけの話よ」

その瞳《ひとみ》には、何かが宿っている。

それは、かつて何度か見た、クリエイターモードの彼女。

俺がドン引きし、恐《おそ》れおののき、そして憧《あこが》れた……

「そうすれば、あなたは自分の物語に相応しい絵を手に入れられる……自分の力でね」

俺が、そうありたいと、ちょっとだけ願ってしまった、人間をやめた時の瞳。

第七・五章　今章は将来のエロゲー化を保証するものではありません

イベント番号：英梨々《えりり》01
種類：強制イベント
条件：共通ルート二日目（始業式）に必ず発生
概要《がいよう》：始業式、クラスメイトから次々声を掛《か》けられる人気者の英梨々

〈BG：校庭〉
〈SE：生徒たちのざわめき〉

【主人公】「お……」

校庭を横切り、校内の掲示板《けいじばん》に近づいたところで、黒山の人だかりを見つけた。
それは多分、毎年どこの学校でも始業式の恒例《こうれい》となっている、新クラスの発表というや

つが大々的に執《と》り行われているせいだろう。

となると、俺も見逃《みのが》すわけには……とか呑気《のんき》に言っててもしょうがなく、そもそも新クラスを知らなければ教室に辿《たど》り着《つ》くこともできない訳で。

俺は、なるべく人の波に押《お》し戻《もど》されないよう、隅《すみ》っこの方から徐々《じょじょ》に掲示板に近づこうと歩み寄り……

【主人公】「あ……」

そして、その人だかりの中でも、さらに人口の密集した地域を見つけ、足を止めた。

【女子生徒１】「おはよう澤村《さわむら》さん」

【英梨々】「あ、ああ、ごきげんよう石巻《いしまき》さん。それに里見《さとみ》さんも」

その中心、ちょっとばかり人ごみに埋《う》もれつつ、それでも大きな存在感を醸《かも》し出す、金色の髪《かみ》を見つけたから。

【女子生徒2】「ねぇ、ほら見て？　わたしたち同じG組だよ！」

【英梨々】「そ、そうね。これから一年間よろしくね」

その『澤村さん』の周りには、次から次へと同級生たちが集まり、『おはよ～』だの『元気してた～』だの『久しぶり～』だのといった、毒にも薬にもならない言葉がかけられる。

そして、当の『澤村さん』の方も、『おはよう田崎《たさき》さん』とか『あなたこそ元気だった？　橋爪《はしづめ》さん』とか『本当、お久しぶりね大谷《おおたに》さん』とか、いちいち友情の厚さか、もしくは記憶《きおく》力の良さを誇示《こじ》すべく、固有名詞つきの挨拶《あいさつ》を返し続けている。

その、どうやら二年ではG組となった『澤村さん』のフルネームは、澤村英梨々。

一年の頃《ころ》から学園のアイドルとして人気を博している評判の美少女。

そして一年の頃から展覧会に入選していた美術部のエース。

そんな、校内でも一、二を争う有名人のことだから、さすがの俺もその存在を知らないはずもなく。

いや、そういう表面的な反応はどうでもいい。

俺がこの仮面お嬢様《じょうさま》……いや澤村英梨々を知っているのは、別に同じ高校に進学したからではない。

それはもう、何年も昔からずっと続く、色々と忌々《いまいま》しい……

いや、今はやめとこう。せっかくの始業式だ。

※　※　※

「……なんか主人公がひねくれ過ぎてると俺の中で評判なんだが」

土曜、午前一一時半。

とうとう、俺の第二の栄光の軌跡《きせき》……『blessing software』第二弾《だん》作品『冴《さ》えない彼女《ヒロイン》の育てかた（仮）』のシナリオ執筆《しっぴつ》が始まった。

なお、記念すべき執筆一発目のシナリオは、メインヒロイン叶巡璃《かのうめぐり》との出会いを描《えが》いた共通ルート一日目の予定を変更《へんこう》して、ヒロイン澤村英梨々（仮名《かめい》）が初登場する共通ルート二日目の、しかも当の英梨々（仮名）登場シーンからにした。

この、英梨々初登場シーンで、制作側がユーザーに提示したいのは以下となる。

まずは、このヒロインが校内でも評判の美少女であること。

さらに、裕福《ゆうふく》な家庭で育てられたお嬢様であること。

なのに、その美貌《びぼう》や境遇《きょうぐう》を鼻にかけることなく、誰《だれ》にでも気さくで優しい、男にとって理想的にもほどがある女の子であること。

……そして、そんな恵《めぐ》まれた境遇なのに、空虚《くうきょ》を抱えていること。

彼女の人当たりの良さが、実は表層的なものでしかないということ。

その表層的な人付き合いに、彼女はストレスを感じていること。

ただし後半のネガティブな要素は、この段階では兆候に留《とど》め、ユーザーに少しの違和《いわ》感を抱《いだ》かせるに留めること。


これらのプロットは、別に痛々しい妄想《もうそう》って訳じゃない。

……いや、それらの成分も入っているには入ってるけど。

けれど本質は〝限りなくノンフィクションに近いフィクション〟だ。

俺と英梨々のブレーンストーミングによって得られた、生々しい現実的な虚構《きょこう》だ。

だって、あいつはさっき言ったんだ。

サークルに入るまでの自分は『退屈《たいくつ》だった』って、言ったんだ。

あいつが、クラスや部活の友達に向けていた笑顔は、気遣《きづか》いだったたって。

というか、彼女たちを〝友達〟だなんて思っていなかったって。


それは、冷静に考えてみれば、自分の友人たちに対して結構酷《ひど》いことを考えている、性格の悪いヒロインということになるのだけれど……

でも、彼女が抱えたその闇《やみ》の理由も、物語が進むにつれ徐々に明らかにされていく。

まぁ、そんな絶妙《ぜつみょう》な展開をシナリオに落とし込むのは至難の業《わざ》かもしれないけれど、そこは微調整《びちょうせい》しながらやっていくしかない。

情報は、一気に明かすのではなく小出しにする。

『先が気になるシナリオ』の、鉄則だ。

※　※　※

イベント番号：英梨々02
種類：強制イベント
条件：共通ルート四日目に必ず発生
概要：廊下《ろうか》で英梨々と会話。彼女の本性《ほんしょう》が露《あら》わに

〈BG：教室〉

放課後、俺が居眠りから目覚めると、いつの間にか教室はあっさりさっぱりもぬけの殻《から》だった。

〈SE：教室扉《とびら》開く〉

せっかく今日の全行程が終わったというのに起こしてくれない薄情《はくじょう》なクラスメイトたちに憤慨《ふんがい》しつつ教室を出ると、廊下は既《すで》に夕陽で赤く染まりかけている。

〈BG：廊下〉

【英梨々】「ねぇ、ちょっと」

【主人公】「英梨々……？」

と、そんなノスタルジーを感じさせないでもない、誰もいないと思っていた廊下の奥から、どこか聞き慣れたような女子の声が届く。

【主人公】「珍《めずら》しいな、お前が自分から話しかけてくるなんて。クラスメイトに見られてもいいのか？」

聞き慣れてるのも当然……いや、その声の主《ぬし》は、別のクラスの金髪娘《きんぱつむすめ》だった。

【英梨々】「大丈夫《だいじょうぶ》よ、今ここには誰もいないわ。ついさっき、美術室に画材道具一式を忘れたって嘘《うそ》をついたら、皆《みな》、先を争って飛んで行ったから」

【主人公】「……相変わらずいい性格してんなお前。で、何の用だよ？」

その金髪娘こと澤村英梨々は、いつものように……いや、俺にだけ見せるいつもの通り、居丈高《いたけだか》に腕《うで》を組み、その申し訳程度の胸と体を必要以上に大きく見せようと涙《なみだ》ぐましい努力を重ねつつ、俺を睨《にら》みつけてくる。

【英梨々】「何の用かって……まさかあたしがあんたみたいな、顔も成績も運動神経も平均以下なレベルの低い男子なんかに用事があるとでも思ってるの？」

【主人公】「ついさっきの『ねぇちょっと』って一体なんだったんですかねぇ澤村さん」

本当、校内の皆も、そろそろこいつの本性気づいた方がいいよ？

【英梨々】「……昨日、駅前の喫茶店《きつさてん》で女子と一緒《いつしよ》にいたわよね？」

【主人公】「あ〜、叶か」

【英梨々】「へ〜、叶って言うんだあのコ。なんかウチの制服着てたみたいだけど、あんたもう入った早々の新入生に声かけてるのね」

【主人公】「いや、叶は別に、昨日今日入学した訳じゃなくて……」

まぁ、叶巡璃については、俺も一年間一緒の学校に通っていたくせに、ついこの前まで認識してなかった手前、人のこと言えないけど。

【英梨々】「ほんっと、何もかも平均値以下のくせに、手の運動神経だけは飛びぬけて

「……」

【主人公】「……人の話聞いてますか英梨々さん？」

※　※　※

土曜、午後三時過ぎ。

初夏の強い陽ざし……はどこへやらの、そろそろ梅雨《つゆ》入りの準備も整ったかのような、今にも泣きそうな曇天《どんてん》の下、俺のシナリオ作業は着々と進んでいた。

英梨々（仮名）の二度目の登場シーンにして、初めて主人公との会話が発生するイベントだ。

このシーンは、主人公に対しての、彼女の態度や感情が初めて明かされるという重要な役割を担《にな》っている。

……まぁ、ツンデレのお約束にのっとり、それはそれは最悪な印象の作りなんだけど、そこはほら『落として上げる』の落としての部分だから外す訳にはいかない。

そして二つ目のポイントは、彼女の、メインヒロイン叶巡璃のことを気にする態度だ。

これは今後のシナリオ展開において重要な伏線《ふくせん》となる予定なので、結構あからさまに気にする描写《びょうしゃ》を入れてみる。

さらに三つ目、英梨々の描写として全体的に気を使ったのは、俺……いや主人公に対しての、『過剰《かじょう》なまでの』敵愾心《てきがいしん》と、そして主人公の『意図的な』無関心との対比。

……実は、高一から高二に進級するまでくらいの俺たちの態度については、お互《たが》いに意見が分かれてちょっとだけ……いや結構な口論になった。

英梨々は、俺がもう少し彼女に対して関心を持って絡《から》んでいれば、もっと早くに関係修復できたんじゃないかって言ってきやがった。

『こっちが絡んでも、そっちが無視するんだからしょうがねえだろ！』

『だって倫也《ともや》、とっくに新しい友達作ってたじゃない！　しかもあたしと違《ちが》って、本当に楽しそうでさぁ……っ』

そんな言いがかり……いや言い争いの果てに、俺のせいで余計に疎外《そがい》感を感じたとか、そんなこと言われてもな……

本当、ひねくれてるわひがみっぽいわ恨《うら》みがましいわ、最悪だよな、この金髪《きんぱつ》ヒロイン。

※　※　※

イベント番号：英梨々03
種類：選択《せんたく》イベント
条件：共通ルート六日目以降、英梨々を選択した際に発生
概要《がいよう》：英梨々と巡璃、ファーストコンタクト

〈BG：喫茶店〉

【英梨々】「そう、あんたが叶巡璃……」

英梨々が、正面に座った叶をまじまじと見上げる。

【巡璃】「あ、あの、〈主人公〉くん……なんかわたし、あの澤村さんに睨まれてるみたいなんだけど？」

なお、二人の間にはそれほど身長差がある訳じゃないのに見上げることになっているのは、英梨々がわざわざ叶の眼前斜《なな》め下に顔を近づけ、壮絶《そうぜつ》に悪い目つきで睨み上げているからに他ならない。

【主人公】「気にするな。そいつ超《ちょう》近眼だから目つきが悪く見えるだけで……」

【英梨々】「今はコンタクトつけてるけどね」

【主人公】「……人がせっかくフォローしてやったのに台無しにするなよ」

なお、悪いのは目つきだけではない模様。

【英梨々】「そう、あんたが倫也の」

【巡璃】「え、え〜と、クラスメイト、です」

【英梨々】「別に、クラスメイトでも彼女でもオタ友でもセフレでも興味ないけど～」

【巡璃】「えっと、最後のはさすがに酷《ひど》いんじゃないかと……わたしに」

というか、目つきではない側の方が、比《ひ》較《かく》的超極悪《ごくあく》なのは言うまでもないことで。

【主人公】「それがそいつの本性だ。学校じゃ完璧《かんぺき》に猫被《ねこかぶ》ってるけど」

【英梨々】「やかましい」

その証拠《しょうこ》に、テーブルの下の俺のすねに、ローファー越《ご》しのつま先がめり込んできた。

さすが本場欧州《おうしゅう》製の本革なだけのことはある……めっちゃ痛いよ！

【英梨々】「あたしのこと、そうやってわかったように言わないで。ちょっと昔から顔見知りってだけのくせに」

【主人公】「痛《いて》えなおい……ちょっと昔から顔見知りってだけの奴《やつ》にしつこく絡むなよ」

続いて英梨々は、ローファーよりもある意味痛い、言葉のトウキックを浴びせかける。

……そっちは本革に守られていない分、自分の方にもダメージが返ってくると思うんだけど、それでもこいつはその虚《むな》しい口撃《こうげき》をやめようとしない。

【英梨々】「何よ」

【主人公】「何だよ」

【巡璃】「へぇ、全然知らなかったけど、〈主人公〉くんって、あの澤村さんと随分《ずいぶん》仲が良かったんだね」

【主人公・英梨々】「どこが!?」

で、そんな俺たちの心からのギスギスしたやり取りを……

叶は、あっさりさっぱりフラットに、額面通りではなく受け止めた。

※　※　※

「いかん駄目《だめ》だ駄目だ駄目だ……これじゃただの嫌《きら》われヒロインじゃねえかよ……」

ここまでシナリオを書き進めたところで、英梨々（仮名《かめい》）のあまりのクズっぷりに頭を抱《かか》える。

このままだと、英梨々（仮名）は、下手《へた》したら地雷《じらい》女とかキモウトとか○色の悪魔《あくま》とか、そっち方面で評判をかっさらうキャラになってしまう。

……あ、それはそうと、これはヒロインのモデルがリアルでクズとかそういう意味ではなく、キャラクターにそういう印象操作をしてしまっている俺のせいなのでそこのところ誤解しないように。

本当、誤解しないでくれよ……特に俺。

「やっぱ、このシナリオはボツかなぁ……」

少しばかり暴走してしまった筆をいさめるべく、俺はCtrl+Aを押しテキストを全選択すると、バックスペースボタンに手を伸《の》ばし……

「いや……待てよ？」

そして、少しばかり考え直すと、やはり微修正《びしゅうせい》に留めることにした。

「間に一つ、キャラ萌《も》えイベントを入れればバランスは取れるはず……うん、そうに違いない」

そう、イベント番号を、英梨々03から、英梨々04へと微修正だ……

次いで新規ファイルを開き、その先頭に、英梨々03という文字列を新たに書き込む。

今度こそ、笑えて、萌えて、そのキャラのことが好きになるイベントを作るという崇高《すうこう》な使命に燃えつつ……

土曜、午後七時四五分。

とっくに暗くなった外からは、しとしとと鬱陶《うっとう》しい雨音が、部屋の中までも鬱陶しく満たしている。

英梨々（仮名）の言動や態度の相変わらずのアレさは置いといて、ここは、彼女と巡璃が初めて（認識するという意味で）出会うという、物語的にも、加藤《かとう》へのメッセージ的にも重要なシーンだ。

お嬢様《じょうさま》で校内の人気者であるはずの英梨々は、この時、巡璃に対して盛大にスベった反応を返した。

今まで、激しい本性を完全に隠《かく》しきれていた（一部を除く）彼女が、どうして巡璃に……いや加藤に『ある意味』心を開いたのか？

まぁ、多少は俺が絡んでるだろうことは、お互い認めるところではあったけれど、それでも『じゃあ加藤じゃなくても同じ反応だった？』という問いに対して、英梨々は明確に否定してみせた。

初めて会ったとき……英梨々は、加藤に対して、敵愾心とも違う、強い印象を抱《いだ》いた。

それが加藤の、あまりにも薄《うす》い印象を放つキャラクター性に対してだとしたら大いにアレだけど。

でも、そのせいで英梨々は、自分がいつも女友達に対してしていたはずの演技を忘れた。

それは、彼女にとって、とても画期的なことだったんだ……

※　※　※

イベント番号：英梨々06
種類：選択イベント
条件：共通ルート一五日目以降、英梨々を選択した際に発生
概要：巡璃とのデートについて、英梨々に相談してしまう

〈BG：通学路〉

【英梨々】「あんたがデートねぇ……」
【主人公】「いや単なる買い物だって。六天馬《ろくてんば》モールのオープニングセールに付き合うだけなんだよ」
【英梨々】「だからそういうのをデートって言うんじゃない。醜《みにく》い言い訳はやめなさい」
【主人公】「デート……なのかな？　とてもそういう感じの約束だったようには思えないんだが」

【英梨々】「あ、そ、じゃあんたの言う通り〝単なるお買い物〟なんだから、人に相談したりせずに堂々と出かければ?」

【主人公】「あああごめんごめん! お前、相手が男でも女でもよく遊びに行くだろ? だからそういう時のコツを教えて欲しいんだよ!」

【英梨々】「……なんか今、一気に助ける気がなくなったんだけど」

【主人公】「え、なんで?」

【英梨々】「……まぁ、いいわ」

その瞬間《しゅんかん》、ため息とともに、英梨々が俺を馬鹿《ばか》にしたような……

いや、なんか微妙《びみょう》に悔《くや》しそうな表情を見せた。

けれど、英梨々のその表情の意図がわからなかった俺は、結局間抜《まぬ》けなリアクションを返すことしかできず。

結果、英梨々の表情は、第一印象通りの、俺を馬鹿にしたようなものに戻《もど》る。

【英梨々】「デートで失敗しない方法なんて簡単よ。引き分けを狙《ねら》えばいいのよ」

【主人公】「引き分け……？」

【英梨々】「そう、ある程度下調べして、できる限り話を合わせて、それでも辛《つら》くなったら、笑顔でごまかす」

【主人公】「え、笑顔？」

と、英梨々は今度は、俺に向かってとびきりの笑顔を作ってみせる。

それは本当に、こいつの本性を知らない人が見たら思わずときめいてしまうような……

そして、こいつの本性を知っている奴が見たら、思わずうすら寒さを覚える、とてもとても社交辞令溢《あふ》れる完璧な微笑だった。

【英梨々】「向こうが何言ってるのかわからなくてもとりあえず笑顔。余計な質問は自重《じちょう》。相手の発言は何もかも肯定《こうてい》。こっちの主張をゴリ押しなんてもってのほか……」

【主人公】「……なんかそれってつまんなくないか？　せっかく一緒《いっしょ》にいるんなら、もっと濃《こ》い時間を過ごしたいと思うだろ？」

【英梨々】「……別に、そんなこと思ったことなんかない。生まれてから、ただの一度もね」

【主人公】「英梨々？」

そして次の瞬間、その英梨々の笑顔が、まるでシャボンの泡《あわ》が弾《はじ》けたかのように、一瞬《いっしゅん》で空虚《くうきょ》に消える。

『コロコロ表情が変わる』ってのは、普通《ふつう》、感受性豊かな人を褒《ほ》めるための表現のはずなのに……

けれど今の英梨々の〝コロコロ変わる〟表情は、それとは全然違《ちが》うものに感じた。

それも、あまりいい意味じゃなく。

※　※　※

「げ、もうこんな時間かぁ」

時計を見たら、いつの間にか零時《れい》を過ぎ、めでたくもなく日曜へと突入《とつにゅう》していた。

雨音は相変わらずやまず……というかついさっき、稲光《いなびかり》と雷鳴《らいめい》がとどろいていたような気もするけど、集中していたせいか、あまり記憶《きおく》に残っていない。

ふと、手元の『英梨々ルート』フォルダを眺《なが》めると、土曜いっぱいで完成したシナリオファイルは六つだった。

これで英梨々ルート全体の……いや、まだ何割くらいになるのかは不明だ。

本当なら、ちゃんと分量と構成を決めて書くのが正しいやり方なのだろうけれど、まぁ、今の俺は、そういう作り方をしていない。

とりあえず今は書き進めることだ。

直して、削《けず》って、整えるのは、全部を書き終えてからだ。

書いて、書いて、書いて……英梨々との言葉のやり取りを、加藤に伝えたいメッセージを、ゲームの中に込めるだけだ。

「……一度、寝《ね》るかぁ」

心地《ここち》よい疲《つか》れが、頭も体も均等に覆《おお》っていた。

俺は、PCの電源を落とし、枕《まくら》もとの目覚ましを四時にセットすると、灯《あか》りを消し、素早くベッドの中に潜《もぐ》り込む。

ここでまた少し休んで、リフレッシュしてから再開だ。


あ〜、そうそう、今書いたイベントの時期、英梨々は、自分でもよくわからない感情を抱《かか》えていたんだそうだ。

加藤に対して初対面で感じたインパクトは、やがて交流を深めることによって今まで感じたことのない種類のものへと変わっていった。

それは、ものすごく単純化してしまうと、憧《あこが》れに近いもの。

フラットではあるけれど、誰《だれ》に対しても飾《かざ》らない。

なのに、ちゃんと人を思いやれている。

加藤の『人に気にされない』という特徴《とくちょう》は、嫌《きら》われないということであり、けれど好かれもしないということではなかった。

そんな加藤の態度に、英梨々は癒《いや》され……そして自分を顧《かえり》みて、ストレスへと、劣等感《れっとう》へと転化されていった。

※　※　※

「……って、もうっ！」

日曜、午前〇時二五分。

灯りを消してベッドに入り目を閉じてから、たったの十数分。

その間、何度も寝返りを打ち、自分の中の歴代萌《も》えヒロインを数え、シナリオのことを頭から追い出そうと必死で別のネタを考え……

そんなふうに、どれだけ眠《ねむ》ろうと努力したところで、結局、俺のテンションは鎮《しず》まってはくれなかった。

ないか。


「ああくそっ！　ＰＣ落とすんじゃなかった！　早く起《た》ち上がれよ！」

だって……これから続くイベントこそが、このツンデレキャラの一番の見せどころじゃ

自分でも気づかないストレスや劣等感を抱え込んでいった英梨々は、やがてその感情を主人公に対して爆発《ばくはつ》させ、大きな衝突《しょうとつ》が起こる。

そしたら主人公は、そんな彼女に対してどう接する？　優しく受け止める？　理性的に諭《さと》す？　それとも……自分も爆発して、その衝突を取り返しのつかないものにする？

どれを選ぶにしても、それはきっと、ツンからデレへの転換《てんかん》点となる。

……いや、この時点では、敵から友達への転換点、か？

じゃあ、友達から恋人《こいびと》への転換点はいつ、どんな形で起こる？

その間、巡璃との友情は？　こっちだって一筋縄《ひとすじなわ》じゃいかないだろ？

そもそも、まだ女子二人が友達になるイベントだって作ってないじゃないか。

なんだこれ……書きたいことが多すぎて、寝てる暇《ひま》なんて……

「焦《あせ》るな……まずは主人公との関係の復活……いや、先に巡璃と友達になるか？」

ようやくＰＣがふたたび起ち上がった。

だから俺は、頭から湧き出る設定と状況と台詞と表情を思い浮かべ、キーボードに指を置き……

「あ……」

そして、部屋の灯りをまだつけていなかったことに気づいた。

※　※　※

イベント番号：英梨々??
種類：選択《せんたく》イベント
条件：発生日未定、英梨々を選択した際に発生
概要《がいよう》：英梨々と大喧嘩《おおげんか》する主人公

〈BG：小学校〉
〈SE：花火の爆発音〉

【主人公】「八年前……勝手に新しい友達作って、俺を見捨てたのは、お前の方じゃない

か……っ！」

【英梨々】「あんた……まだ、そんなこと、根に持ってんの……？」

【主人公】「そんなことって何だよ、そんなことって！」

【英梨々】「だって仕方ないじゃない！　あの時はああするしかなかったじゃない！」

【主人公】「仕方ないで済むかぁっ！」

理不尽《りふじん》に怒鳴《どな》りつける俺に、英梨々が必死に反論しようとして……

けれど、何故《なぜ》か俺の顔を見て、息を呑《の》んだ。

【主人公】「新しい友達と遊ぶのがそんなに大事だったのかよ……俺よりも大事だったのかよ！」

【英梨々】「〈主人公〉……？」

俺の、いつの間にか涙《なみだ》でくしゃくしゃになっていた顔を見て。

【主人公】「あの時の俺にとって、お前がどれだけ大切だったかわかってんのかよ!?」

それは、とても恥《は》ずかしいことだった。

喧嘩としては、完全に負けだった。

【主人公】「ほとんどの男子を敵に回したんだぞ？　そこまでして、お前との居場所を守ろうとしたんだぞ?」

相手が女子だってのに、先にキレて泣き出すなんて……

【主人公】「あの時の俺には、お前しかいなかったんだぞ……っ」

※　※　※

「っ……駄目《だめ》だ」

いや、このイベントは本気で駄目だ。

主人公が勝手に暴走して、理不尽にわめき散らしてヒロインを責め立てるなんて、完全にユーザーに嫌われる展開に陥《おちい》ってる。

こんな展開を続けちゃいけない。

ここは一度、勇気を持って、このイベントは総没《ぼっ》にすべき……

※　※　※

【英梨々】「そんなの……一人で暴走したあんたの勝手じゃない」

【主人公】「謝れよ！」

【英梨々】「謝らない……絶対にあたし、何があっても謝らない」

【主人公】「っ……え」

英梨々のあまりに身勝手な言い分に、また情けなくも涙をこぼしそうになった時……

けれど今回ばかりは、向こうに先を越《こ》されてしまった。

【英梨々】「だって〈主人公〉……あたしがぁ、どれだけ泣いたかわかってない……っ！」

【主人公】「英梨々……？」

あの、英梨々の瞳《ひとみ》から……

意地悪で身勝手で理不尽で強情な裏切り者の瞳から、堰《せき》を切ったように、大粒《おおつぶ》のしずくがぼろぼろぼろぼろ流れ落ちてくる。

【英梨々】「〈主人公〉と絶交しちゃって、学校でも話せなくなって、無視しなくちゃならなくてっ……哀《かな》しくて、悔《くや》しくて、辛《つら》くて、どれだけ泣いたかっ!」

涙とともに、軋《きし》んだ音が聞こえてきそうなくらいに歯を食いしばる。

それは、いつもこいつが浮かべてる薄《うす》っぺらい笑みからは想像もできないくらい、深くて、重くて、そしてやるせない表情に見えた。

【英梨々】「あたしはあんた以上に報《むく》いを受けた! ずっとずっと辛かった! めちゃくちゃ悲しかった! だから、謝る理由なんかない!」

※　※　※

「駄目だって言ってんのに……っ」

なんで、まだ続けちまってんだよ、俺。

なんか、どんどん悪化しちまってんじゃないかよ。

今度はヒロインまで暴走して、ユーザー置いてきぼり過ぎだろ。

ここにいるのは、最悪のヘタレ主人公と、身勝手ヒロインの誰得《だれとく》コンビだ。

「落ち着け……落ち着け俺」

とはいえ、こうなってしまった理由はわかってる……俺がこの二人に感情移入し過ぎてるせいだ。

主人公に自分を重ね過ぎているからだ。

ヒロインに変なこだわりを持ち過ぎているからだ。

だから、次から次へと、二人の会話の断片が溢《あふ》れ出てくる。

それを、うまく繋《つな》げたり補完したりせずに書き殴《なぐ》るから、全体のシナリオの整合性が、どんどん崩《くず》れていく。

この二人の周辺事情をまだ書ききれていないのに、その事情が前提になった物語を構築してどうするんだよ。

現時点で、ヒロインの魅力《みりょく》とか立ち位置を固めるイベントが少なすぎるんだよ。

そのくせ、ヒロインがひねくれてる描写《びょうしゃ》だけが次から次へと……

こんなんじゃ、ユーザーが物語に没頭《ぼっとう》してくれる訳がない。

このヒロインに魅力を感じてもらえる訳がない。

……こんな女の子に魅力を感じるのは、昔から彼女の本質を知ってる奴《やつ》だけだろ。

「あ〜もうっ、めんどくせぇなぁいちいち！」

頭を掻《か》きむしり、深呼吸を繰《く》り返し、なんとかクールダウンを図《はか》る。

今の俺は、完全に熱暴走してる。だから……

「……そうだ、巡璃と友達になるイベント書こ」

それでも、休憩《きゅうけい》するという選択肢《せんたくし》は、俺の頭の中には出てこなかった。

※　※　※

イベント番号：英梨々??
種類：選択イベント
条件：発生日未定、英梨々を選択した際に発生
概要：巡璃と友達になる英梨々

〈BG：街路〉
〈SE：車の走る音〉
【英梨々】「ねぇ、巡璃」

【巡璃】「ん？　なに？」

〈英梨々、赤面〉

【英梨々】「っ……」

〈巡璃、きょとんとした表情〉

【巡璃】「え？　めぐり……？」

〈英梨々、照れ〉

【英梨々】「なっ、なんでもない！　言い間違《まちが》えた！」

〈英梨々、真剣《しんけん》〉

【英梨々】「違う……言い間違いじゃない」

【巡璃】「澤村さん……？」

【英梨々】「本音《ほんね》をぶつけあう仲間のこと、さん付けなんておかしいよ」

〈巡璃、はっとする〉

【巡璃】「あ……」

〈英梨々、照れ〉

【英梨々】「……あんたは、そう思わない？」

〈巡璃、思い込む〉

【巡璃】「…………」

〈英梨々、慌《あわ》てた表情〉

【英梨々】「あ、あれ？　えっと……」

〈巡璃、優しい表情〉

〈巡璃、笑顔〉

【巡璃】「うん、そうだね、英梨々」

※　※　※

「は、はは……」

ちなみに、この『巡璃と友達になる英梨々』のイベントには、主人公が登場しない。

終始、英梨々と巡璃二人きりだから、主人公のモノローグもない会話だけのイベントになってしまう。

だからここでは、キャラクターの表情指示がシナリオと不可分だ。

他のシナリオでは、後でスクリプトを作る時に挿入《そうにゅう》しても大丈夫《だいじょうぶ》だけど、このシナリオだけはこの指示がないと物語の内容すらわからない。

「良かったな……良かったなぁ、おい」

……なんて冷静な判断は、手先だけがやっていた。

頭の中は、そんなシナリオ作成作法をすっ飛ばして、ただただ、この強情で自分勝手なヒロインに、初めての親友ができたことを祝福していたから。

それが、シナリオライターという、キャラクターの生みの親の視点からなのか、それとも別の何かからなのかは、わからなかったけれど。

「……ぁ」

達成感とともにふと目を上げると、カーテン越《ご》しの空が明るくなっていることに気づく。

どうやら、雨、上がったらしいな……

というか、先に夜が明けてたことに気づくべきだったかな？

さて、とりあえず気分転換《てんかん》……いや一段落ついたことだし、これからどうしよう？

というか、そろそろ昨日起きてから二四時間くらい経過してるから、今度こそ寝《ね》るのが一番妥当《だとう》な選択《せんたく》なんだけど……

でも今は、このシナリオが抱《かか》えている欠点がどうしても気になる。

序盤《じょばん》の、ヒロインの陽《よう》の魅力を際立《きわだ》たせるイベントを補完しないと……

だって、せっかくの金髪《きんぱつ》ツインテールツンデレヒロインなんだぞ？

もっとこう、あるだろ？　ストーリーに関係ないどうでもいい……じゃなくて、キャラクターを好きになってもらうための描写が。

そう、例えば、主人公と張り合ってドジって涙目《なみだめ》になったり。

主人公のことをちょっと認めて、けどそれを当人に気づいてもらえなくて逆ギレしたり。ちょっとだけ見せた魅力的な笑顔を主人公にからかわれて、真っ赤になって俯《うつむ》いたり。

「よし……」

そして俺は、結局新しいファイルを開き、明るい空から明るいディスプレイに向き直る。

ここからは、原点に帰って、萌《も》えゲー『冴《さ》えない彼女《ヒロイン》の育てかた』のシナリオ作成だ。

※　※　※

イベント番号：英梨々??
種類：強制イベント
条件：共通ルート六日目に必ず発生
概要《がいよう》：英梨々のツンデレイベント

〈BG：主人公の部屋〉

【英梨々】「………」

【主人公】「なぁ、英梨々」

【英梨々】「っ!? な、なに?」

【主人公】「もしかして、緊張《きんちょう》してる?」

【英梨々】「え、えっと、それは、その………ぅん」

と、英梨々が応えたときには、既《すで》に俺の部屋に上がり込んでから一五分以上が経過していた。

その間英梨々は、床《ゆか》にぺたんと座ったまま、部屋の中を見回したり、とっくに空《から》になった飲み物のストローを吸い続けたり、だからって俺がお代わりを持って来ようとすると頑《かたく》なに遠慮《えんりょ》したりと、挙動不審《ふしん》この上ない。

【主人公】「いや、そんな思いっきり構えられると結構落ち込むんだけど……お前、昔は何度も来てたじゃん」

【英梨々】「そうよ、何度も来てたのは、〝昔〟のことなの……ここに来るのは、八年ぶりのことなの」

【主人公】「あ……」

【英梨々】「たくさんの、思い出が、詰《つ》まってるの……」

けれど、そんなふうにずっと緊張しどおしだった英梨々は……

その、俺の情けない吐露《とろ》をきっかけに、なんだか吹《ふ》っ切れたように、俺を正面から見つめた。

【英梨々】「そうだ……」

ずっと置物になっていた体を起こし、何かを噛《か》み締《し》めるように部屋の中をうろうろと歩き始め。

そして、おもむろにクローゼットを開けた。

【英梨々】「ね、〈主人公〉……これ、知ってる？」

【主人公】「なんだこりゃ……？」

彼女が見せたのは、もちろん、中に入っていた俺の服じゃない。

その白い扉《とびら》の内側に刻まれた傷……いや、それは……

【英梨々】「これ、あたしがつけたの」

落書き、だった。

【主人公】「全然気づかなかった……」

何か先のとがったもので書かれた……いや結局傷をつけられたその落書きは、ひらがなで表現された、彼女と、俺の名前。

けれどまぁ、その並べられた二つの名前の間に、妙《みょう》な記号（例えば傘《かさ》のような……）はなく、ただの書き取りの練習と言われても否定できないものだった。

【英梨々】「ごめんね？　イタズラしちゃって」

【主人公】「いや、別に……」

何しろ、八年間見つけられなかった落書きだ。

とっくに時効……というか、多分、当時にカミングアウトされたって怒《おこ》るはずがなく。

いや、むしろ……

【英梨々】「そうだ、仕返しに傷、つけてもいいよ？」

【主人公】「いや、いいよ」

そして英梨々は、そんな子供っぽい悪戯《いたずら》のお詫《わ》びに、こちらも子供っぽい謝罪の方法を提案してきた。

【英梨々】「遠慮、することないよ？」

【主人公】「ウチにつける傷とお前んちにつける傷じゃ色々とレベルが違《ちが》うだろ」

何しろ、こいつの家の柱とかいったら、下手《へた》したら大理石だ。
どうせあの両親のことだから笑って許してくれるに決まってるけど、その損害額を想像してしまって俺の罪悪感がもたない。

【英梨々】「別に、家に傷つけろって言ってるんじゃないわよ」

【主人公】「じゃあ、何に……え？」
と、その意味のわからない謎《なぞ》かけに、俺が英梨々の方に注意を戻《もど》した瞬間《しゅんかん》……
【英梨々】「仕返しに……傷、つけてもいいよ……あたしに」
俺の耳に、しゅるっという、衣擦《きぬず》れの音が響《ひび》いた。

※　※　※

「あ〜、あ〜、あああああ〜!?」

いやいやいやいやいや待て待て待て待て待て！

なんだか知らないけど、頭が勝手に、序盤の共通ルートに配置するものとは全然違うイベントを書き進めていた……

そもそも、今書いた内容は色々とおかしい。

最後の〝傷〟はどういう意味だ？

ＤＶ的なものだったらマズいぞ？

いやそれじゃない意味の方がマズいか？　衣擦れってどういうことだ？

ギャルゲーだよなこれ？　一般《いっぱん》ゲーなんだよな……？


だいたい、英梨々としたブレーンストーミングは、ここまで踏《ふ》み込んでない。

告白の時の台詞《せりふ》とか、その瞬間の態度とか、そういうキャラクターのリアクションをヒアリングしていない。

いや、実在しない二次元ヒロイン〝のはず〟なんだから、妄想《もうそう》を抱《いだ》くのは自由っちゃぁ自由なんだけど……

でもいいのか？　本当にいいのか？

これ、下手したら全部書き直しだぞ……？

※　※　※

〈ＢＧ：主人公の部屋〉

〈立ち絵の衣装については要相談〉

【英梨々】「………………」

【主人公】「………………」

【英梨々】「あ～あ、やっちゃったね～」

【主人公】「いや、それは……ごめん」

【英梨々】「な～に？　謝るってことは、後悔《こうかい》してるわけ？」

【主人公】「いや、それは……全然、まったく、これっぽっちも」

【英梨々】「ん、よかった……あたしと同じだ」

【主人公】「英梨々……」

【英梨々】「あはは、はは……」

英梨々は、笑った。

それは、『あんなこと』があった直後にしては、妙に健全で、妙に朗《ほが》らかで、妙に優しい態度だった。

【英梨々】「あはははっ、はは……っ、う、うう……ぐすっ」

【主人公】「……英梨々？」

けれど……

その笑顔は、砂上《さじょう》の楼閣《ろうかく》のように、本当に一瞬で崩《くず》れ去る。

【英梨々】「ふ、ふふ……うぇっ、え、えぐっ……ふ、あ、うあぁぁあぁ～～～っ！」

【主人公】「っ……はは」

でも、その変化は、俺にとっても彼女にとっても悪いことじゃない。

だって、その声が、涙《なみだ》が、俺たちの八年間を洗い流していく。

なんて馬鹿《ばか》だったんだよって。どうしてあんなくだらないことにこだわってたんだよって、俺たちを責《せ》め苛《さいな》む。

そしてきっと、その涙雨が晴《は》れ渡《わた》ったときには

今までとは違う、八年前から分岐《ぶんき》して、一歩前に進んだ俺たちが、いるはずだから……

※　※　※

「う、うう……ぐすっ」

なんだよ、この、あり得ない物語は？

まっすぐにねじくれ過ぎてて、素直にひねくれ過ぎてて……
そして、俺の妄想大爆発《ばくはつ》過ぎて、見ていられないし、誰《だれ》にも見せられない。
ゲームとはいえ、こんなこと書いていいのか？
俺もあいつも、こんなふうに思って……
あ、いや、これは主人公の心情か。
そしてこれは、ヒロインキャラとしての澤村英梨々（仮名《かめい》）の心情か。
でも、でも、だとしたら……

「お前ら……良かったなぁ……っ」
八年越《ご》しの想いが通じた二人を、俺は、祝福せずにはいられない。

※　※　※

イベント番号：英梨々??
種類：個別イベント
条件：英梨々ルート後半

概要《がいよう》：

〈ＢＧ：屋上〉

〈巡璃、微笑〉

【巡璃】「どうして……？」

〈英梨々、俯《うつむ》き〉

【英梨々】「っ……」

【巡璃】「なんで行っちゃうの？　どうして、わたしや〈主人公〉くんの元から、離《はな》れていくの？」

【英梨々】「……巡璃には、関係ないよ」

【巡璃】「関係なくないよね？　英梨々のこと、〈主人公〉くんのこと、わたしが関係ない訳ないよね？」

【英梨々】「………」

【巡璃】「それとも、無関係でいて欲しいって思ってた？　あなたたち二人の間に、わたしみたいな新参者《しんざんもの》なんか、入ってほしくないって、思ってた？」

【英梨々】「そんなこと……そんなことっ！」

〈英梨々、訴《うった》える表情〉

【巡璃】「わたし、結局、あなたの親友になれなかったのかなぁ？」

〈巡璃、辛《つら》そうな表情〉

【英梨々】「巡璃……？」

〈英梨々、悲しげ〉

【巡璃】「隠《かく》し事《ごと》なく何でも話せて、本人のためなら時には嫌《いや》な意見だって言えて、決して、相手に都合のいいだけの関係じゃなくて、けれど、だからこそ、振《ふ》り返ったら、相手のこと大好きだって思えて……」

【巡璃】「そんな、泥《どろ》くさくて、不器用で、素敵な関係に、なれなかったのかなぁ……」

【英梨々】「巡璃……巡璃、あたしは……っ」

〈巡璃、微笑〉

【巡璃】「……うん、ごめん。これって、わたしの身勝手だね」

〈英梨々、後悔の表情〉

【英梨々】「あ……」

【巡璃】「あなたの将来も、夢も、希望も、なにもかも無視した、単なる理想の押しつけだよね」

〈英梨々、訴える表情〉

【英梨々】「そうじゃない！　そうじゃないよ！」

【巡璃】「英梨々……」

【英梨々】「本当は、あんたが正しい！　全面的に正しいの！　ただ、それでも……っ」

【巡璃】「それでも、譲《ゆず》れないものはある……うん、わたしもだよ、英梨々」

【英梨々】「巡璃……っ」

【巡璃】「だから、この話はおしまい。大変な時期なのに呼び出しちゃってごめんね？」

【英梨々】「ま、待って巡璃、あたしは……っ!?」

〈巡璃、笑顔のまま涙〉

【巡璃】「う、うう……っ、い、いぁ……」

【英梨々】「ぁ……」

【巡璃】「ご、ごめん、ごめんなさい……なんで、なんでぇ……」

〈英梨々、泣き〉

【英梨々】「〰〰っ！」

【巡璃】「なんで、こうなっちゃう、かなぁ……っ」

※　※　※

「おい……おい、おいおいおいおいおい……っ！」

もう、駄目《だめ》だ。

色々なところが間違《まちが》いすぎてて収拾《しゅうしゅう》がつかない。

なんで、イチャイチャシーンを終わらせてから、いきなりこの友情崩壊《ほうかい》シーンを書き始めるんだよ？

まだ、二人のトラブルの原因だって詳《くわ》しく決めてないのに。

ただ言えるのは、その原因が、英梨々の夢に絡《から》むってことと、主人公との関係にひびを入れることだという、そんな大枠《おおわく》しか決めてないのに。

それに、巡璃がキレる理由だって詳しく決めてないのに。

純粋《じゅんすい》に友情の崩壊に対してなのか、主人公を挟《はさ》んでの感情のもつれなのか、それともまだ何か別の想いがあるのか。

もう、何もかもいい加減で、適当で、ブレブレで……どうやって着地させせんだよこれ？

だいたいこんなの、俺の思い描《えが》いた『冴《さ》えない彼女《ヒロイン》の育てかた（仮）』じゃない。

もっと明るくて、朗らかで、暖かくて、生温《なまぬる》くて、癒《いや》されて……

とにかく女の子の表情や仕草や台詞《せりふ》が可愛くて、キュンキュンする。

そんな、萌《も》えゲー寄りの物語にしようって思惑《おもわく》はどうなったんだ？

でも……

「次……だ」

ここまで来たのなら、もう後戻《あともど》りはできない。

方向性はかなり違ってきてしまったけれど、もともと、加藤と英梨々を仲直りさせるのが目的のシナリオ作業だったんだ。

ならば、ここから先の解決編を示すだけ……

加藤に、英梨々との求める未来を、提示してみせるだけだ。

もう、外の天気もわからない。

自分の今の状態も、これから先の構想もわからない。

それどころか、今が何時なのかもわからないし、知る気もない。

これが詩羽《うたは》先輩《せんぱい》の言う、〝クリエイターの闇《やみ》〟って、やつなのかな？

……まぁ、そんなこと、どうでもいいや。

今は、ひたすら画面を凝視《ぎょうし》して、そしてキーボードを叩《たた》き続けることしか興味ないし。

※　※　※

イベント番号：英梨々??
種類：個別イベント
条件：英梨々ルート後半
概要：

〈BG：海岸?〉
〈SE：波の音?〉

【主人公】「……なぁ、英梨々」

【英梨々】「ん～?」

水平線に、陽が沈《しず》もうとしている。

さっきまで波の音しかしなかった海岸に、今は、その波を跳《は》ね飛ばすバシャバシャという音が混じっている。

そんな、楽しそうに波と戯《たわむ》れる英梨々の金色の髪《かみ》に夕陽が反射して神々《こうごう》しく輝《かがや》く。

そう、まるでこいつが描く絵画のように。

【主人公】「本当に、これで良かったのか？」

【英梨々】「……何か問題あったっけ？」

【主人公】「いや、思い切り過ぎだろお前……色んなこと、犠牲《ぎせい》にするかもしれないぞ？」

英梨々は今、こうして俺のもとにいる。

その決断は、誰《だれ》が見ても、エキセントリックで、唐突《とうとつ》で、それはそれは思い切ったものだった。

【英梨々】「違うよ……全部を犠牲にしないために、こうするの」

【英梨々】「自分の夢も、友情も……そして、あんたもね？」

けれど、この後のことも何も考えていないように、英梨々は清々《すがすが》しく笑う。

【英梨々】「そうよ、これは遠回りなんかじゃない……王道ってヤツよ」

【主人公】「俺にはとてもそうは見えないけどな」

【英梨々】「あたしの進む道が、後から王道って言われるだけよ。だから間違いない」

【主人公】「傲慢《ごうまん》な奴《やつ》だな……」

【英梨々】「何を今さら？」

【主人公】「……ま、確かに、お前は昔からそういう奴だったよ」

一〇年以上も前から、こいつの身勝手に振《ふ》り回されてきた俺としては、もうこうなったら苦笑とともに肩《かた》をすくめるしかない。

【英梨々】「でもあんた、あたしのそんなところ、好きでしょ？」

【主人公】「……付き合ってられるか」

だって、英梨々の言う通りだから。

【主人公】「それより、そろそろ行こうぜ？　巡璃が……みんなが待ってる」

【英梨々】「久しぶりだなぁ、みんな元気にしてるかなぁ」

【主人公】「それは、自分の目で確かめろ」

少しの照《て》れ隠《かく》しとともに、俺は背中を向け、英梨々を置き去りにして歩き出す。
だって、すぐにとことこと俺の後をついてくるに決まってるから。

一〇年以上も前から、そうなる運命だったんだから。

【英梨々】「ね、〈主人公〉」

【主人公】「ん〜？」

その呼び声に振り向くと、英梨々が俺をじっと見つめてる。
波打ち際《ぎわ》、髪をなびかせて、そして今までで一番の、満面の笑顔で……

【英梨々】「絶対に、付き合ってもらうわよ……これからも、一生ね？」

※　※　※

「……何で」

どうしてエピローグを書いてるんだろ、俺……

巡璃との友情の修復はどうなったんだ？

二人の気持ちの落としどころは、どこにあったんだ？

そここそを書かなくちゃいけないのに、どうして肝心《かんじん》のところで逃《に》げるんだ……

まさに、このゲームのヘタレ主人公なんか目じゃない敵前逃亡《とうぼう》だろ、これは。

「ぁ……」

書かなきゃ。

少しイベントを遡《さかのぼ》って、英梨々と巡璃の仲直りイベントを。

今、俺が一番書かなくちゃならないシナリオを。

巡璃に、恵《めぐみ》に……いや加藤に、届けないと。

「あ、ぁ……」

視界いっぱいに、天井《てんじょう》が広がる。

その模様や細かい染みが、とても鮮明《せんめい》に画像情報として届く。

けれど、その他のものは、もう今の俺には何も届かない。

「ぁ、ぁ、ぁ……」

全身の力が抜《ぬ》けていく。

もう、指先すら動かない。口も、頭も働かない。

「今、何時……?」

最後に、抵抗《ていこう》にもならない独り言をやっと口から漏《も》らし、けれどその答えを得られないままに目を閉じると……

俺という存在は、一瞬《いっしゅん》で無に包まれた。

エピローグ

「安芸《あき》くん、安芸くん」

「…………」

耳元で、やたらと平坦《へいたん》な声が響《ひび》いていた。

「いくらなんでも、そろそろ起きてもいいと思うんだけどどうかな？」

「え、あれ、俺……？」

けれど、まるでもやがかかったようにまるで覚醒《かくせい》しない俺の頭は、それをいつもお馴染《なじ》みの声だとなかなか認識できずにいた。

そう、朝俺を起こしに来る女の子と言ったら彼女しかいないに決まっているのに……

「あ、おはよう安芸くん」

「……千夏《ちなつ》？」

「……誰《だれ》それ」

真中《まなか》千夏、私立ユニバーサル学園二年。

主人公、神谷《かみや》健二《けんじ》のクラスメイトにして……って、まさか俺の記憶《きおく》がそこに《第二章》辿《たど》り着《つ》くとは思わなかっただろ？

「ふあぁぁぁ～……で、どした加藤《かとう》？　こんな朝早くから」

なかなか覚めない目を必死でこじ開けると、朝焼けっぽい赤い光が網膜《もうまく》に飛び込み、思わずまたまぶたを閉じてしまう。

日曜に回復した天気は、週が明けた今も、どうやらまだ晴れ間をキープし続けてくれているようだ。

「へ～、安芸くんの脳は今が早朝だと認識してるんだそうなんだ」

「……今、何時何分何曜日？」

だが、ことの本質は、どうやら天気どうこうという問題ではないらしい。

「……午後、四時、二五分、月曜日ぃ？」

「あ、正確には今、四時、二六分、ちょうどをお知らせします」

「時報に問い合わせる必要ないだろ時計見ればいいだろ」

加藤のスマホから流れる時報のピー音にツッコミを入れながら、俺はベッドから体を起こして大きく伸《の》びをする。

「ふあぁぁぁ〜」

制服姿の加藤に、今が平日の午後だと知らされても、脳と体の疲《つか》れが、その情報を受け入れられない。

そのくらい、今の俺は、精神的にも肉体的にも回復しきれていないみたいだった。

普段《ふだん》は週末に徹夜《てつや》したくらいで、ここまで前後不覚《ふ》になることってないんだけど……

もしかしてこれが、昼夜逆転の創造の世界に足を踏み込んだってことなんだろうか。

「で、週末は何してたの？　いくら普段の安芸くんの生活がだらしなくて不規則でみっともなくても、今までは学校に来れないくらい寝坊《ねぼう》したことなかったよね？」

「いや自分でも重々反省してるからそこまで容赦《ようしゃ》なく責《せ》めるのやめて」

にしても創造って、周囲の理解がなかなか得られなくて辛《つら》い世界なんだなぁ……

「けど加藤、俺が学校行ってないってよくわかったな？　今日はサークル活動の連絡《れんらく》もしてなかったのに」

「それは……安芸くんのクラスメイトがメールで教えてくれたから」

「へぇ、俺のクラスにそんな奇特《きとく》な奴が……ぁ」

「…………」

　その時の、加藤の微妙《びみょう》に微妙を重ねた表情を見て、俺は彼女の情報源に一瞬で辿り着いた。

　……けれど、今はその名前を出すのは色々と問題があるんだろうな、お互《たが》いに。

「なんか、本人は顔出し辛《づら》いみたいなこと書いてあったから、とりあえずわたしが嫌々《いやいや》、仕方なく、やむにやまれずに様子を見にきたんだけど」

「そこまでわざとらしく受け身を強調する必要もないんじゃないでしょうか加藤さん」

　その割にはこうして結構細かい事情まで伝わってるのが、また女子ネットワークの奇妙なところだけど。

　……まぁ、確かに週末に実施《じっし》されたブレーンストーミングという名の情報交換《こうかん》は、あいつにとってなかなかに気まずい内容だったというのは想像に難《かた》くない。

　というか、お互い相当核心《かくしん》に迫《せま》った気もするし。

　下手《へた》すると、責任（取ってよね）問題に発展しかねないほどに……

「それで、週末何をしてたの？」

「いや、だから……ずっとシナリオ書いてた」

「書き始めからいきなり徹夜？」

「それが、なんか止まらなくて」

「ふううう〜ん」

その俺の答えに納得したのかしないのか、加藤はものすごく胡散臭《うさんくさ》げな態度で投げやりな相槌《あいづち》を打った。

まぁ要するに納得してないんだろうけど。

「嘘《うそ》じゃないぞ。ちゃんとワンルート書き上げたんだから。そこのPCにファイルだって残ってる」

まぁ、完成したかと聞かれれば途端《とたん》に自信がなくなるくらい、穴と隙間《すきま》と瑕疵《かし》だらけの拙《つたな》いシナリオではあるけれど。

「ちょっと見てみてもいい？」

と、加藤は俺の机に座り、PCの画面を指差した。

その要求が、俺の週末の行動を信用していないからなのか、純粋《じゅんすい》にゲーム制作の進みをチェックしたかったのかが気になったけれど。

「ああ……是非《ぜひ》、加藤に読んで欲しい」

まぁでも、俺としては加藤のその興味は願ったりかなったりだった。

「けど、余計な勘繰《かんぐ》りはしないで欲しい」

「それって……」

「ついでに、加藤に、何かを感じて欲しいんだ」

「なんか制約多いよ安芸くん？」

微妙に不平を漏らす加藤に構わず、俺はＰＣのロック画面を解除して、加藤にシナリオフォルダを解放してみせた。

さあ、ここからが本当の勝負だ。

加藤と、俺と、そして……

「……『英梨々《えりり》 01.txt』？」

「う……」

と、早速加藤は、ファイル名だけで余計な勘繰りを始めそうな勢いだった。

※　※　※

「えっと、まぁ名前からもわかると思うけど、そのヒロインに関しては元ネタがいる」

加藤が、テキストファイルを淡々《たんたん》とスクロールさせながら、俺の週末の力作を読みふけっている。

「前作にも金髪《きんぱつ》ツインテールヒロインとか出したけど、あの時は属性とか記号を真似《まね》ただけで、実体験とか内面は完全なフィクションだった」

その、俺のシナリオに取り組んでいる加藤の真剣《しんけん》さは、相変わらず読みにくい。

「けど、今回のヒロインは……まぁ、半分はリアルな〝あいつ〟だ」

一心不乱に読みふけっているのか、それとも惰性《だせい》で読み流しているのか、その薄《うす》いリアクションじゃ全然わからない。

「……あいつを書いてる訳だから、当然、ヒロインらしからぬ心情描写《びょうしゃ》だって出る。表面上はともかく、本当の性格は、萌《も》えゲーの理想とは結構かけ離《はな》れてる奴《やつ》だからな」

けれど、少なくとも、読み始めてから一時間の間、こうしてずっと俺の書いたシナリオに向き合ってくれている。

「都合がいいばかりじゃない。衝突《しょうとつ》だってする、すれ違《ちが》ったりもする……それは、俺だけじゃなく加藤だって骨身に染みてるはずだ」

とりあえずこれで、シナリオのクオリティはともかく、一ルートあたりのプレイ時間一時間以上のボリュームは保証できそうだ。

「ただ今回、あえてそんなあいつをモデルにしたのは、澤村《さわむら》英梨々って人間の本当の姿を、加藤恵《めぐみ》って人間に……」

「うるさいよ安芸くん」

「はい……」

と、そんな一心不乱〝に見える〟加藤が、いちいち自分の作品に細かい解説を入れる自信のない創作者を一言で切り捨ててきた。

……いや、だってさ、自分の読者がリアクション返すまでの間って、作者にとっては生《なま》殺しみたいなもんじゃん？　色々と場をもたせずにはいられないじゃん？

「……ふぅ」

「お、終わりました〜？」

と俺が数十分ぶりに加藤に話しかけたのは、ちょうど彼女が『英梨々エピローグ.txt』というファイルを閉じて深いため息をついた瞬間《しゅんかん》だった。

まぁ、そこまで盤石《ばんじゃく》な状態になるまで待ったおかげか、加藤の方も今度は刺々《とげとげ》しい反応とか返したりせず、無表情でこくんと頷《うなず》いてくれた。

「そ、それで……どうだった？」

だから俺は、恐《おそ》る恐る、けれど真剣な表情で加藤に問いかける。

俺のシナリオに何かを感じてくれたのか。

本当の澤村英梨々に、触《ふ》れてくれたのか。

この作品が、あいつとの関係を考え直すきっかけとなってくれるのか……

「……うん、わかった」

果たせるかな加藤は、もう一度、今度は俺の方をしっかり見つめて頷いてくれた。

「わかってくれたか加藤⁉」

……やっと、伝わった。

英梨々の、ひねくれた性格の中に潜《ひそ》む真摯《しんし》な想いが、加藤にようやく届いた。

これで、三か月《二巻分》にわたる二人の確執《かくしつ》の歴史にとうとう終止符《しゅうしふ》が……

「わかったわかった……英梨々のことはよくわからないけど、安芸くんのことがよ〜くわかりました」

「……加藤？」

などとせっかく感激に浸《ひた》りかけたところで……

「どんだけ英梨々のこと好きなの安芸くん」

「えええええええええええええそっち〜⁉」

加藤は、未だにフラットな表情を微塵《みじん》も崩《くず》さず、瞳孔《どうこう》の開いた目で俺のことを蔑《さげす》むように見つめ返してきた。

「う～ん、確かにこれだけ好きだったら何度裏切られても許すよねぇ」

「いやいやちょっと待ってよ！　加藤、お前本当に俺のシナリオしっかり読んだ？」

　そして、俺のこの渾身《こんしん》の恋愛《れんあい》系シナリオを、まるでル○ンと不○子ちゃんのじゃれ合いみたいに言い捨てやがった。

「うん、隅《すみ》から隅まで読んだけど、これ単に安芸くんから英梨々へのラブレターだよね」

「いやいや何その超解釈《ちょうかいしゃく》⁉　というかそもそも主人公俺じゃね～し！　あとラブレターって単語が既《すで》に死語なんですけど～！」

「あ～、はいはい、そうですか～わかりました～」

「ちょっと！　リアクションがいつも以上に投げやり過ぎるんですけど⁉」

「だって、ねぇ？　こんなに見え見えだとさぁ……六回くらい『嘘つき』って罵《ののし》ってもいいレベルだと思うよ？」

「そこまで⁉」

「あ～、もう、なんか色々と考えなきゃなぁ」

「何を⁉」

エピローグ　その二

「…………澤村先輩《さわむらせんぱい》のこと、どんだけ好きなんですか、倫也先輩《ともや》」

「出海《いずみ》ちゃんまで～!?」

本日二度目の悲痛な叫《さけ》びが、ふたたび俺の部屋に響《ひび》き渡《わた》ったのは、日もとっぷり暮れた午後七時過ぎ。

加藤《かとう》がそそくさと出海ちゃんに『シナリオが上がったからちょっと安芸《あき》くんの家に来て』とLINEを送ってから二時間も経過した後のことだった。

「いや～、これはやっちゃったね～倫也君。あはははははっ」

「いやお前は黙《だま》ってろ伊織《いおり》殺すぞ」

あ、あと加藤には珍《めずら》しく、そのメッセージの最後に『あとついでにプロデューサーとかいう人にも声かけといて』と追記があったこともここに報告しておく。

まぁ、そのおかげで俺は二面どころか三面から楚《そ》の国の歌を聞かされる羽目になった訳だけど。

「いやちょっと待ってくれ。みんなゲームと現実混同し過ぎだろ。このシナリオはあくまでフィクションで、英梨々《えりり》って名前はあくまで仮名《かめい》で、ただ、今はこの名前の方がサークルメンバーのイメージも湧《わ》きやすいだろうというライターの冷静な判断で……」

「ちょっと今の言い訳どう思いますか恵《めぐみ》さん？」

「二時間前からこれに付き合わされてきたわたしの身にもなってよ出海ちゃん」

「いるよね～、誰《だれ》が見ても態度で見え見えなのに、『お前○○のこと好きなんだろ？』って指摘《してき》されたら『ちっげ～よそんなんじゃね～よ！』って言い張るいじめられっこ。僕、昔からそういうのをからかうのが得意でさ～」

「お前らホントやめて勘弁《かんべん》してそういうの！」

　ちっげ～よ……そんなんじゃね～よ……

※　※　※

「むぐむぐ……ほれに《それに》、ほもやへんぱい《倫也先輩》……」

「あ、ごめん出海ちゃん、喋《しゃべ》るのは食べ終わってからでいいから」

　そして、二度目の絶叫《ぜっきょう》から三〇分後の午後八時近く。

　ちょっと休憩《きゅうけい》&夕食とばかりに、加藤が（俺んちの台所で）作ったサンドイッチをつまみつつ話しかけてきた出海ちゃんを、俺は少しだけ制した。

……決して『ほもや』ってアクセントが気にかかった訳ではないけど。

「それに倫也先輩……このシナリオには、澤村先輩がどうこうってだけじゃすまない問題がありますよ」

「も、問題って……？」

「だって先輩、企画書《きかくしょ》には萌《も》えゲーって……」

「あ、ああ、それが？」

「まさか、これ萌えゲーのつもりで書いたわけじゃないですよね先輩？」

「そ、そんなに……？」

そして、そんな少しだけほっとした時間が過ぎると、皆《みな》はふたたび俺のシナリオを読み返し、今度は具体的にダメ出し大会を始めた。

「いやぁ、これはちょっと情念が溢《あふ》れ過ぎてるよ倫也君……」

「そんなに⁉」

いや、ダメ出し大会というか、全否定大会というか……

そりゃ、シナリオでも何でもダメ出しは確かに重要だけどさ。それでもライターのなけなしのプライドってものもあるじゃん？

「心情描写が重いっていうか、キャラクターが複雑すぎるっていうか……これ、もうちょっと何とかならなかったんですか倫也先輩?」

「いや、だって実際そういう奴なんだもん……」

「『このシナリオはあくまでフィクションで、英梨々って名前はあくまで仮名』だったんじゃないんですか?」

「うぐ……」

そして、皆の中でも特に散々な評価だったのは、意外なことに、いつも俺のすることをほとんど否定したことのなかった出海ちゃんだった。

「この澤村先輩……いえ某《ぼう》サブヒロイン、台詞《せりふ》はツンデレなのに思考は泥《どろ》くさいし、自信満々で強いところがあるかと思えば、ほんのちょっとのことで脆《もろ》く折れるし、相手をものすごく残酷《ざんこく》に切り捨てるかと思えば、ずっと想い続ける一途《いちず》さを持ってたり……もう訳わかんないですよ」

「……そんなに、訳わかんないかなぁ?」

……どうやら『出海ちゃんを俺の物語の世界に引き込んで、変わってしまった絵柄《えがら》に影《えい》響《きょう》を与《あた》えて元に戻《もど》す』というもう一つのミッションの方は、加藤の説得以上に滑《すべ》りまくってしまったらしい。

「これ本気でマズいですよ倫也先輩……完全に器《うつわ》と中身が違っちゃってます。今のわたしの絵柄じゃ、萌え系すぎてアンバランスになっちゃいます」

「え、え～!?」

というより、萌えから逸脱《いつだつ》しかけた出海ちゃんの絵柄を引き留めようとした俺の作戦は、どうやら完全に逆効果になってしまったようだ。

「あ～もう、困ったなぁ、どうしたらいいんだろこれ……苛々《いらいら》してきた～」

「あ、あの～……ごめんなさい」

……にしても、酷評《こくひょう》のわりに随分《ずいぶん》と語るなぁ、出海ちゃん。

「いやぁ、本当に困った事態になったねこれは。あっはっは～」

と、そんなダメ出し大会の中……

とりなしに来たのか、余計に煽《あお》りに来たのかわかり辛《づら》い伊織の陽気な笑い声が、部屋の中に空虚《くうきょ》に響き渡る。

……その瞬間、ただでさえ全然発言してなかった加藤は、さらにスマホをいじり始めて完全無視モードに入った。

「でも、出海の意見はもっともだよ。これは明らかに萌えゲーのシナリオじゃない。企画《きかく》そのものを見直すか、シナリオを大幅改稿《おおはばかいこう》するかしないと……どうする倫也君？」

「わかったよ！　シナリオ直すよ！　できる限り手を入れるから！」

伊織の提示した究極の二択《たく》は……いや、数か月練った企画と二日で書いたシナリオのどちらを捨てるかという、実は誘導尋問《ゆうどうじんもん》みたいに簡単な選択肢《せんたくし》だった。

「ま、それでも、どれだけ直したところで、この滲《にじ》み出てくるドロドロさは消えないと思うけどね」

「じゃあ、総没ってことか……」

という訳で、めでたくこの俺の『加藤&出海ちゃん救出作戦』は、大失敗をもって幕を閉じ……

「いや……スケジュール的にそれはキツい。残せるところは残そう」

「なんだよそれ、じゃあ、最初から失敗前提ってことかよ？」

「嫌《いや》だなぁ倫也君。僕がそんな負け戦《いくさ》をするとでも思ってるのかい？」

「伊織……？」

いや、閉じかけたところで、伊織が妙《みょう》に嫌らしくもったいぶる。

その表情は、ニヤニヤと俺を不気味に見据《みす》え、なぜか得意げだ。

……これは、なんか、おかしい。

だって俺は、伊織のその表情が、どういう時に発動するかを知っている。

けど、それって……

「なぁ、出海……倫也君のこの致命的《ちめい》なミス、お前が取り戻すんだよ」

『してやったり』の時だったような……

「お兄ちゃん……それって」

「ああ、隠蔽《いんぺい》工作ってやつだよ出海」

「なるほど……ね」

「い、出海ちゃん？」

そして出海ちゃんの方は、伊織のそんな稀代《きだい》の悪代官みたいな言い草に、まるで用心棒の先生のような大物感で応《こた》える。

「出海、お前は、このドロドロのシナリオを、コテコテの萌え絵でデコレーションするんだ。綺麗《きれい》さなんていらない。重厚さなんて罪だ。どれだけ浮《う》いていようが構わない。とにかく可愛く、ひたすら可愛く、とことん可愛く、だ」

「やってみる……しかないよね？」

「だ、大丈夫《だいじょうぶ》かな……？」

となると俺は、廻船問屋《かいせんどんや》の主人のように、後は『先生お願いします！』とすがるしかない訳で……

だとすると、今は見て見ぬふりの加藤は、最後に『こいつが洗いざらい喋りやがったぜ！』と証人を突《つ》き出す忍《しの》びの……いやもういいや。

「勝算はあるよ倫也君……とにかく可愛い絵柄で釣《つ》って、このシナリオを一度だけでも最後までプレイさせるんだ」

「『期待してたのと違《ちが》う』って、途中《とちゅう》で投げ出されないか？」

「確かに期待はしてなかったかもしれない……」

そして伊織の表情が、またあの『してやったり』のそれになる。

「けれど、その期待してなかった大多数の人間にも、落胆《らくたん》はさせない内容になってる」

「え、え？」

「きっと、一度でもクリアしたら、もう戻れない……そんな訳で、この先のシナリオも期待してるよ、倫也君」

こいつ……

俺のシナリオ、貶《けな》してんのか褒《ほ》めてんのか、どっちなんだよ？

「倫也先輩《せんぱい》、安心してください……」

そして出海ちゃんの方はといえば……

「わたしがあなたを……澤村先輩から守ってみせます！」

「い、出海ちゃん……っ」

なんか、守る方向性がちょっとばかりずれているのが気になったけど……

それでも出海ちゃんの、そのときの表情は、何かが吹《ふ》っ切れたかのような決意に満ちていた。

「…………」

「あ……」

そして、そんな二人の励《はげ》ましを受けて戸惑《とまど》う俺に……

隣《となり》から、ほんの少しだけ優しく、ほんの少しだけ安堵《あんど》したような視線が届いたような気がした。

エピローグ　その三

「なんとか、なりそうだね」

「なんとか、なったのかなぁ……」

　そして、午後九時過ぎ。

　出海《いずみ》ちゃんと伊織《いおり》が帰ると、あとは『後片付けがあるから』と当然のように残った加藤《かとう》と二人だけになった。

「いやちなみに階下に両親はいるからね？

　今日は平日だから泊《と》まっていかないからね？

「出海ちゃん、すごくやる気になってたみたい……それにプロデューサーの人も方向性決まった感じだったし」

「まぁ、そうなのかな……？」

　加藤の言う『プロデューサーの人』は、玄関《げんかん》での別れ際《ぎわ》、出海ちゃんが支度《したく》をしている隙《すき》に、小声で俺にこう呟《つぶや》いた。

『なるほど、そう来たかい倫也《ともや》君』

『出海を、絵柄《えがら》を模索《もさく》するどころじゃない事態に引きずり込むとはね……』

『これであいつに迷いはなくなった。とにかく必死でユーザーを騙《だま》す……萌《も》えさせることしか頭になくなった』

『……うん、なんとか、希望が見えてきたよ』


これから出海ちゃんの絵柄がどうなるかは、正直、結果を見てみないとわからない。

けれど、うまくいったかどうかはともかく、俺は、なんとか伊織にバトンを渡《わた》せたのかもしれない。

今、俺がすべきことは、為《な》せたのかもしれない……


「けれど、本当に大丈夫なのかなぁ……」

「お前、つい数秒前に『なんとかなりそうだね』って……」

「ううん、そっちの方じゃなくて」

「あ……」

そう、でもこっち《加藤》の方は、結局、なんともなっていない。

俺の渾身《こんしん》の『英梨々《えりり》シナリオ』は、結局、加藤に届かなかった。

女同士の友情の話に結構ページを割《さ》いたはずだったけど、やっぱ、解決編……二人の仲直りの瞬間《しゅんかん》を書けなかったことが致命《ちめい》的だった。

「ま、それは、次回の改稿《かいこう》シナリオを見てくれよ加藤……」

「う〜ん、どれだけ直しても変わらないいんじゃないかなぁ」

「いやお前、それはさすがに……」

「だってこれ、英梨々の個人情報だよ？」

「……は？」

などと、俺が新たな決意に身を固めようとしたところで、加藤の奴《やつ》が、見事に噛《か》み合わないことを言い出してきた。

「このシナリオって、英梨々が実際に言ったこととかしたこととか、かなりのレベルでそのまま使ってるよね？　あまりにも酷《ひど》すぎるんじゃないかな？」

「い、いや、その辺はちゃんと英梨々本人からネタ集めを……」

「正直に『ゲームシナリオに使う』って言った？　ただ雑談で聞きだしたネタをそのまま書いてない？」

「え、え、え？」

「ね？　やっぱり、ちゃんと許可貰《もら》わないとマズいよこれ？」

「い、いや、だって今さら……」

などと、今まで叶巡璃《かのうめぐり》としてほぼ無許可で個人情報を晒《さら》されまくっていた加藤が、自分のことを棚《たな》に上げて妙ちきりんな心配を始めた。

まぁ、加藤と俺の会話が嚙み合わないなんてことは確かに枚挙にいとまがないけれど、それにしても、今回の俺のモチベーションをこうして根幹《こんかん》から崩《くず》されると……

「まぁ、いいや……そっちはわたしが何とかするから」


いや……

その加藤のボケは、実は勘違《かんちが》いでも筋違《すじちが》いでもなくて。

「何とか……って？」

「そりゃ、謝るしかないんじゃないかな？　ま、事後承諾《しょうだく》になっちゃうけど」

「いや、加藤、お前……」

そのボケは、実は、もしかしたら〝照れ〟に近いものなんじゃないかって……

「わたしが、英梨々に謝ってくる……直接、ね」

「加藤……っ」

届いて、た……

完全にスベってたと思わされた、俺の『英梨々シナリオ』は。

どこに届けたのかもわからない、俺の、勘違いラブレターは。

「ま、許してくれるかは微妙《びみょう》なところかもしれないけど」

「そんな訳、あるかよ……」

だってそれは、あいつにとっては、仲直りと比べて、とてもちっぽけな交換《こうかん》条件で。

だいたい、悪いのは俺なのに、その尻《しり》ぬぐいに加藤を使うなんて、卑怯《ひきょう》もいいとこで。

「それで、もし仲直りできたら、そのとき話したこと、全部、書き留めておくね」

「え、なんで……」

「それが、英梨々と巡璃の、仲直りシナリオになるから……」

しかもこいつ……俺のシナリオ、しっかり読み込んでた。

俺が、結局二人の仲直りの道筋を描《えが》けなかったことを、認識してた。

その上で、自分がこの先のストーリーを紡《つむ》ぐって、宣言しやがった。

それはまるで、『わたしたちのこと、あなたが解決しようなんて傲慢《ごうまん》だよ?』と、釘《くぎ》を刺《さ》されているようで。

それも、とても優しく。

「ふぅ……なんか、色々と溜《た》まったもの吐《は》き出したら、急にお腹が空《す》いてきたな」

「あ、じゃあ、下からなんか持って……」

「ううん、これもらうね、倫也くん」

「あ……」

で、その時の加藤の行動には、幾重《いくえ》にも、重要イベントが絡《から》まっていた。

加藤があっさり口に運んだのは、俺の食べかけのサンドイッチ。

加藤があっさり口にしたのは、ふたたびの〝倫也くん〟……

「とにかく、幼なじみシナリオお疲《つか》れさま。うん、実は結構楽しんで読んだよ」

「か、加藤……」

いや、恵《めぐみ》……で、いいのかな?

「だから、わたしの……メインヒロインのシナリオも、すごく期待してるからね? 倫也くん」

あとがき

どうも、丸戸《まると》です。

『冴《さ》えない彼女《ヒロイン》の育てかた』、本編九巻をここにお届けいたします。

いつもより発刊ペースが微妙《びみょう》に遅《おそ》いと世間に微妙に突《つ》っ込《こ》まれていた気もしますが、正式ナンバリングである六巻から七巻、七巻から八巻の間隔《かんかく》に比べれば微妙に短いスパンで頑張《がんば》っているのではないかという微妙な言い訳から始まりますが、僕は微妙に元気です。

今回の編集さんとのプロット会議では、『そろそろ恵《めぐみ》と英梨々《えりり》どうにかしようや』という、またざっくりとした合意形成があった訳ですが、そのガバガバな方向性が守られていたかどうかは是非《ぜひ》本編を読んで確認していただければと……まぁアニメで一三話ももらっておいて最後に『俺たちの戦いはこれからだ』という台詞《せりふ》を嬉々《きき》として捻《ね》じ込む原作者の言うことですからその辺は色々と推し量っていただければと思いますが。

さて、アニメも続編が決まり、ますます（各人の仕事量が）勢いに乗る冴えカノですが、そりゃまぁ当然ながら続編の打ち合わせなんかも始まってたりします。

とりあえず今の段階では話せることはかなり少なくて恐縮《きょうしゅく》ではありますが、最近の議題は『ところで続編ではどこを聖地化……じゃなくてロケハンしようか？』などとかなり嫌《いや》らしく計算高い議論が取り交わされているところです。何しろスタッフの利害が絡《から》む（取材費的に）重要な案件ですから慎重《しんちょう》に選ばなくてはなりません。

景色が良くて気候が温暖で食べ物が美味《おい》しくて……ああ、いや、別に原作に出てきた場所に沿う必要はありません。

何しろこちらには、原作とかシリーズ構成とかいう肩書《かたが》きの人が抜《ぬ》くことのできる伝家の宝刀『アニメ向けのアレンジ』があるのです。

だからたとえ続編の冒頭《ぼうとう》で、『blessing software』の面々が突然沖縄《とつぜんおきなわ》とかハワイのビーチでリゾートを楽しんでいたとしても、『原作にそぐわない』とか『ストーリー構成上無理がある』などというツッコミは無用なのです。

まぁ、そんな感じで、僕もアニメを引き続きいいものにするために精一杯頑張《せいいっぱいがんば》っておりますので、皆《みな》さんも変わらぬ応援《おうえん》よろしくお願いします。

続いて続刊の話ですが……せっかく先ほど『本編の間隔が元に戻《もど》ってきた』と胸を張っておいて恐縮ですが、次に書くものは多分〝正式な〟ナンバリングとはなりません。

タイトル的には『Girls Side 2』とか『9・5巻』とかいう……まぁ、今巻を読み終わった方には容易に想像がつくとは思いますが、今巻の『倫也《ともや》のいない場所で』起こっている、あるいはこれから起きる物語を描《えが》いていこうかと考えています。

ちなみに普通《ふつう》、このような番外編を作るとなると、今まで雑誌とか特典とかで書き溜《た》めてきた『ありもの』に多少の書き下ろしを加えて少しサボ……効果的に作ろうとなることが多い訳ですが、あいにくながら今のところ次巻に類するネタを過去に書き下ろしたことがないため、実質、いつものナンバリングと手間は全然変わりません。

まぁそれでも次をこのような形にするのは、倫也が出ない方がみんな喜ぶ……訳ではなく（ないです！）、ヒロイン間の横の感情線が自分の頭の中でだいぶ増えてきたので、この際一度整理してみようかという思いからであります。

彼女と彼女の、彼女との戦いはどうなっているのか？　彼の悩《なや》みを受け止めた彼女と、彼に方向性を指し示した彼女は、いつ、どうやって繋《つな》がったのか？　そして彼女と仲直りすることを〝やっと〟決心した彼女の行動は？　あ、あと、今の説明で出てこなかった彼女はその時何をしていたか……とかも書けるといいかなぁと。

……あ、いや、この次巻の構成ですが、今巻の脱稿《だっこう》直後に編集さんにかけた電話での開口一番の『ゴメン九巻で決着つかなかったわ！』という自白から始まっている訳ではありませんよ？

きっと原作者の頭の中では、原作者では思いもつかない遠大なストーリーの流れが渦巻《うずま》いているのに違《ちが》いないのです。本当、この作品の原作者はいい加減僕くらいにはこの物語の結末がどうなるかを教えて欲しいものです。


では最後に、イカれたメンバー紹介《しょうかい》……ではなく謝辞を。

深崎《みさき》さん、最近打ち合わせや飲み会にも来てませんがお元気ですか？　あなたの今のあり得ない忙《いそが》しさは方々の関係者の証言からでも推して知り過ぎていますがどうか体だけは気をつけてくださいマジで。というか久々に連絡《れんらく》くれたかと思ったら『加藤《かとう》の誕生日になんかメッセージよこせ。一時間以内で』というのはどうなんでしょうか。

萩原《はぎわら》さん、カドカワBOOKS創刊おめでとうござ……いやまぁそれはいいとして、あなたの今のあり得ない忙しさは……もいいとして、なんか最近、お互《たが》い老いとか病気とか身につまされる話題が増えてきた気がしますが頑張って生きていきましょう。ていうか僕ら三人本当に大丈夫《だいじょうぶ》でしょうか？　健康で文化的な最低限の締め切《し》《き》りを守れているでしょうか？

では、そんな元気で前向きなメッセージとともにお別れです。

皆さんまた次巻でお会いしましょう！

二〇一五年、秋

丸戸史明《ふみあき》（健診《けんしん》行こうぜ！）

富士見ファンタジア文庫

冴《さ》えない彼女《ヒロイン》の育《そだ》てかた9

平成27年11月25日　初版発行

著者――丸戸史明《まるとふみあき》

発行者――三坂泰二

発　行――株式会社KADOKAWA
http://www.kadokawa.co.jp/
〒102-8177
東京都千代田区富士見2-13-3
電話　03-3238-8521（カスタマーサポート）

印刷所――旭印刷
製本所――本間製本

※定価はカバーに表示してあります。
落丁・乱丁本は、送料小社負担にて、お取り替えいたします。KADOKAWA 読者係までご連絡ください。（古書店で購入したものについては、お取り替えできません）
電話 049-259-1100（9：00～17：00／土日、祝日、年末年始を除く）
〒 354-0041 埼玉県入間郡三芳町藤久保550-1

ISBN978-4-04-070743-3 C0193

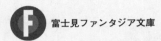

ズ！
s
みない?!」
「じらせゲーマーたちによる
すれ違い錯綜青春ラブコメ！
ファンタジア文庫

ファンタジア文庫
潰れかけた遊園地を
甘ブリの公式スピンオフ！
甘城ブリリアントパーク メープルサモナー①～③
好評発売中!!
謎の美少女転校生・千斗《せんと》いすずから遊園地デートの誘いを受けた可児江西也《かにえせいや》。
わけもわからないまま連れて行かれると、ラティファという“本物の”お姫様に
引き合わされ、その遊園地の支配人になることに――!?

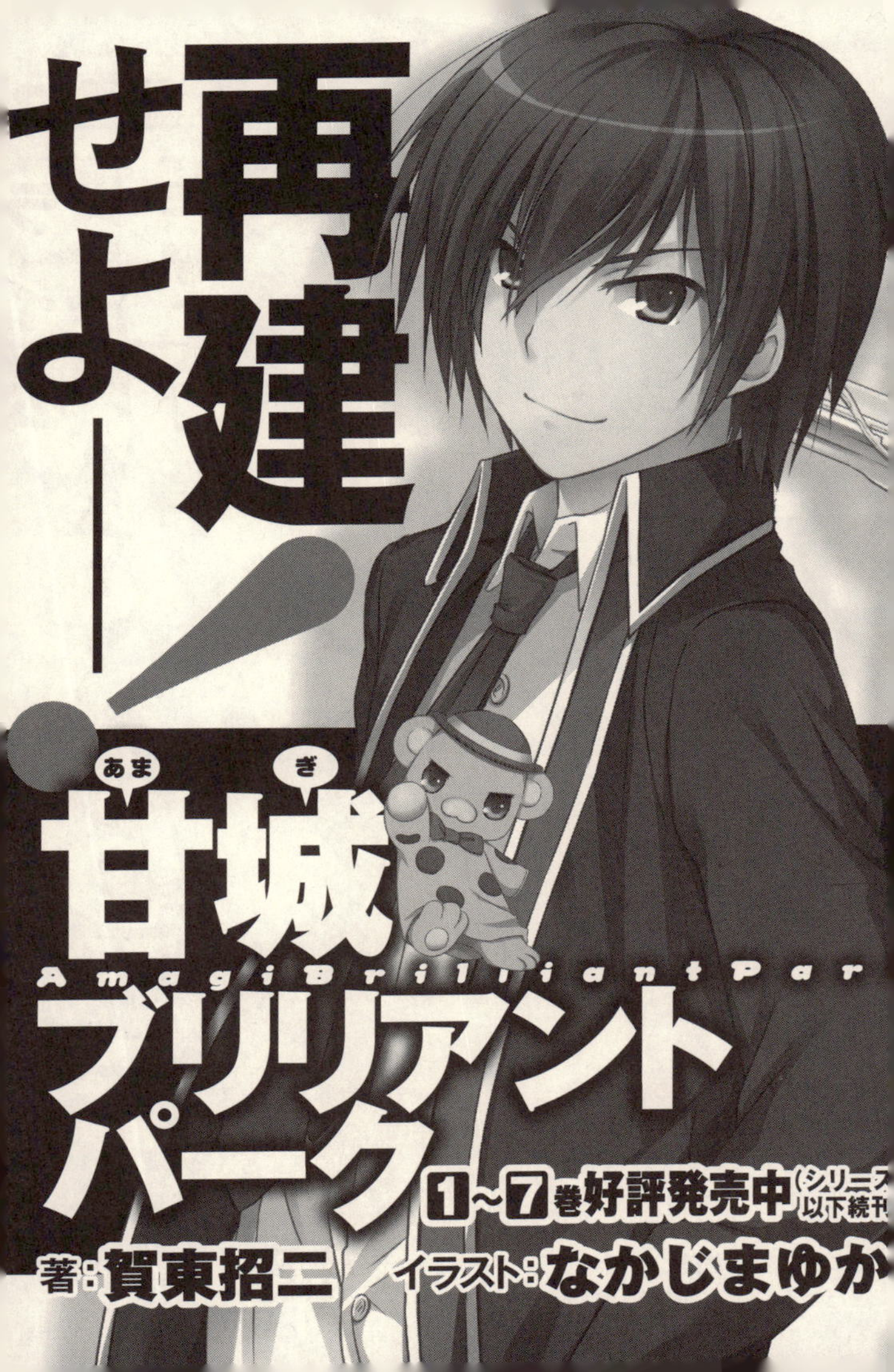

再建せよ――!
甘《あま》城《ぎ》
AmagiBrilliantPar
ブリリアントパーク
1~7巻好評発売中
（シリー
以下続
著：賀東招二
イラスト：なかじまゆか

授かったモンスターの紋章によって優劣が決まる世界。モンスターを従え闘わせる『魔獣錬磨師』の育成学園『ベギオム』に通うレインは学園唯一のスライムトレーナー。周囲の嘲笑も気にせず、相棒のペムペムを信じ、誰よりも努力を重ねていた。そんなレインに固執する学年3位の美少女ドラゴントレーナーのエルニア。紋章と美貌を兼ね揃えた完璧な彼女が底辺のレインにこだわるのは、過去の因縁が原因らしいが……!?

ファンタジア文庫

勝てるんだ!!
できそこないの魔獣《モンスター》錬磨師《トレーナー》
見波タクミ
イラスト：狐印
第1～3巻好評発売中!

魔導を砕く、銃と剣のファンタジー
終わりゆく
再び世
好評発売中！
1. 英雄召喚
2. 魔女争奪戦
3. 錬金術師二人
4. 愚者達の学園祭
5. 百鬼の王
6. 瑠璃色の再契約
7. 逆襲の紅蓮
8. 白銀争乱
9. 異端同盟
10. 魔女狩り戦争(上)
11. 魔女狩り戦争(下)
短編集　対魔導学園35試験小隊Another Mission

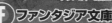

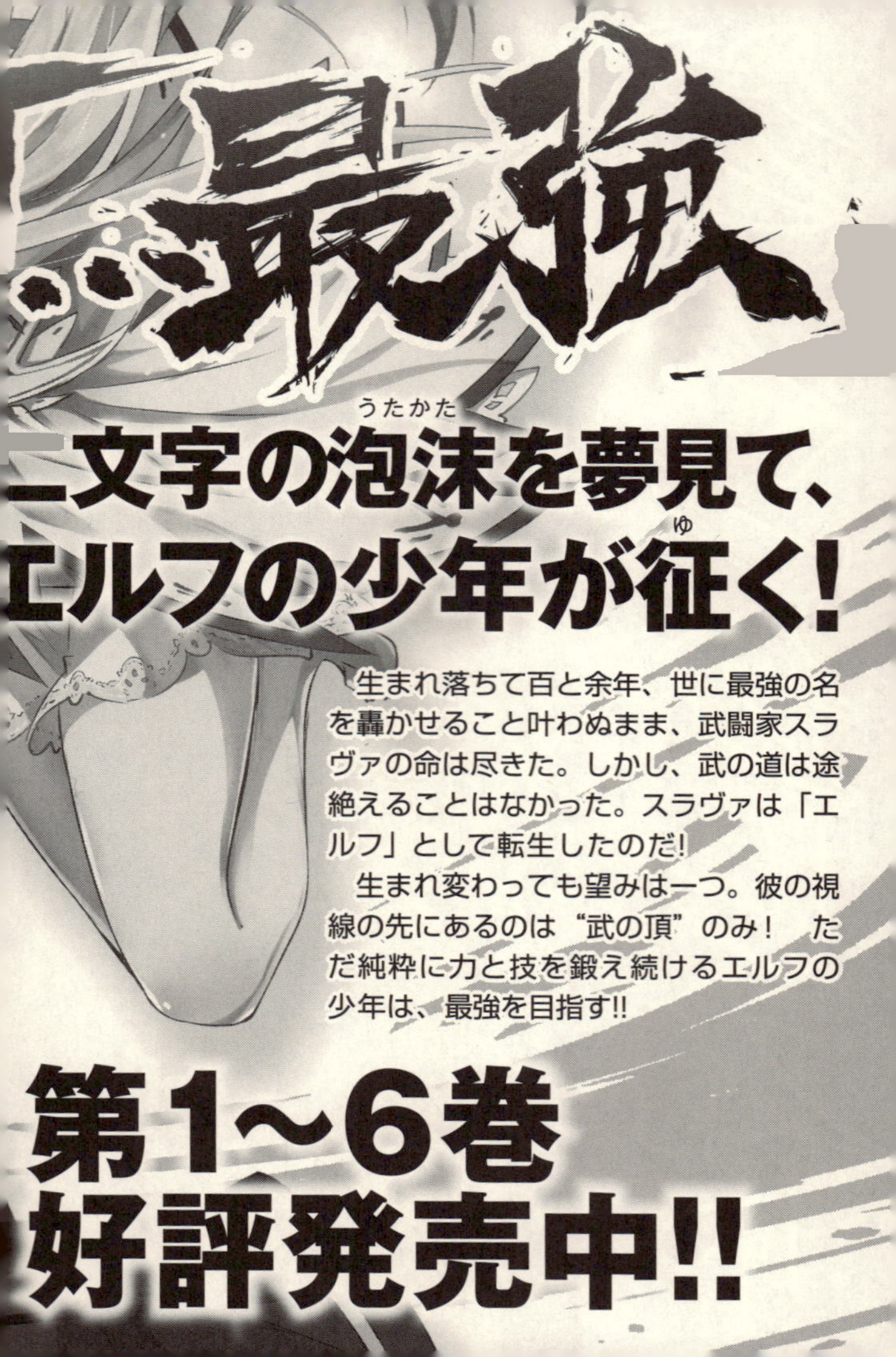
最強
二文字の泡沫《うたかた》を夢見て、
エルフの少年が征《ゆ》く!
生まれ落ちて百と余年、世に最強の名を轟かせること叶わぬまま、武闘家スラヴァの命は尽きた。しかし、武の道は途絶えることはなかった。スラヴァは「エルフ」として転生したのだ!
生まれ変わっても望みは一つ。彼の視線の先にあるのは“武の頂”のみ！　ただ純粋に力と技を鍛え続けるエルフの少年は、最強を目指す!!
第1～6巻
好評発売中!!

たった
武に身を捧げて百と余年。
エルフでやり直す
武者修行
赤石赫々
AKASHI KAKKAKU
イラスト bun150
ファンタジア文庫

第29回ファンタジア大賞
原稿募集中！
賞金
大賞300万円
最強に面白い作品、
待ってるわよ！
選考委員
第17回受賞
第17回受賞
第20回受賞
葵せきな×石踏一榮×橘公司
徒会の一存」「ゲーマーズ！」
「ハイスクールD×D」
「デート・ア・ライブ」
×ファンタジア文庫編集長
締め切り
第29回後期 2016年2月末日
「空戦魔導士候補生の教官」
著：諸星悠　イラスト：甘味みきひろ（アクアプラス）
投稿＆速報最新情報
ファンタジア大賞WEBサイト http://www.fantasiataisho.com/
富士見ラノベ文芸大賞も同サイトで募集中